ホレーショーの哲学

外山滋比古
TOYAMA
Shigehiko

展望社

ホレーショーの哲学／目次

I

Ⅱ

Ⅲ

V

I

2

二つの世界

ひと口に知識と言っても、二種類あるような気がする。もとをたどって行くと、本や活字に達する出典のあるものと、いくらもとをさがしても記録上はつきとめられない口伝とである。

お互いの使っていることばは、後者のもっとも有力なものである。いくら初出をしらべてみても、dogがいつどうしてあらわれたか、はっきりさせることはできない。辞書が記録しうるのは、せいぜい文字として残ってからである。ことばの歴史全体から見れば、あわれなほど短い期間である。

文学についても、口誦時代と、文字による文学の時代とは大きく性格を異にしている。口から口へ伝えられていたことばの芸術は、「文」学という呼称すら不適である。アリストテレスが詩として、言いかえると、文学として認めた三つのジャンル、叙事詩、抒情詩、演劇は、いずれも口誦性のつよいものであって、これをそのまま「文」学におきかえることには慎重でなくてはなるまい。小説、エッセイ、批評といった文字や印刷を前提としなくては存立しえないような様式を、アリストテレスは知らなかった。

一般の文学史が、オーラルの時代とリテラルの時代を区別しないで、それぞれの作品を同じ基準で扱っているのは、正当とは言えないのではあるまいか。というのも、その基準が、後からのリテラルの時代においてできたものだからで、これを印刷文学など夢想もしなかった時代の作品にあてはめるのは、アナクロニズム以外のなにものでもない。

リテラルな文学は作者がはっきりしている。たまには未詳ということはあるが、元来は作者名が権威をもっているべきである。それに対してオーラルの文学は、原形がはっきりしない。たまたま作者が伝えられても、複数の制作参加者の象徴的名称かもしれない。

独創とか著作権にまつわるもろもろの概念と価値は、すべて近世になってから生まれたものである。そのせいか、オーラル時代の表現はどこかのびのびしていて、あたたか味があるように思われる。

ここでは、文学史の問題を考えるゆとりがないから、オーラル時代の表現をことわざに代表させて、その受難の歩みについて書いてみたい。

ことわざは、普遍的である。「船頭多くして船山にのぼる」といったものは、多くの社会に同類を見出すことができる。別に国際会議がおこなわれたわけでもないのに、全世界が似たようなことわざをもっているのは、人間の普遍性を物語るが、それでいて、タンゲイすべからざる地域差を示しているのも見のがすことができない。ことわざは、民族のものの見方を示すインデックスとしても興味がある。

英文学について見ると、チョーサーではことわざがさかんに活躍している。オーラル文学の性格をつよくもっていることがわかる。シェイクスピアでも、ことわざがなお重要な役割をはたしているが、これは、演劇という形式ともかかわるであろう。一般的には、すでにいくらかは衰弱を示しているように思われる。

ロマン派以後の文学においては。もはやことわざの出る幕はなくなってしまったかのようである。へたに出せば、それだけで通俗であるという烙印をおされてしまいかねない。近代において、ことわざの世界はむしろタブーになった。われわれの受けた学校教育をふりかえってみても、ことわざを習った記憶がない。活字文化の流れを汲む明治以後の教育が、オーラル文化に根をもつことわざを問題にするはずがない。

近代人のもつ教養は、きわめて文学的なものであることを知るのである。口誦的なものは本当に古くさくて、つまらないものであろうか。そういう疑問をもつことすら容易ではない。

ことわざは、二つの世界の一方を代表するものだが、個々の単語が普遍的であるのと違って、ものごとの両極にのみ着目する。「渡る世間に鬼はない」があって、「人を見たら泥棒と思え」がある。極端に楽天的であるかと思うと、一転して、ひどく悲観的にもなりうる。同一次元での命題なら当然、矛盾が問題になるところだが、そんなことには一向におかまいなしであるのが、ことわざのことわざらしさである。世の中には善人もいるが、悪いやつもいるというような当たり前の表現には、そっぽを向くのである。割り切って、明快なのを喜ぶ。

このごろ、「情けはひとのためならず」が、妙に情けをかけてはためにならない、などと解されるというが、誤解がおこると、一方の端から他方の端へ飛ぶ。「犬も歩けば棒に当たる」というのは、もとは、出しゃばるとひどい目にあうの意だったのが、いまでは、ぶらぶらしていると思わぬ好運にめぐりあうものだ、の意味も承認されている。

「転がる石はコケをつけない」（"A rolling stone gathers no moss."）も目ざましい例であろう。イギリスでは、商売変えをしていては金はもうからないという意味で使われていたのに、アメリカでは、優秀な人材はひとつところにじっとしていたくても、まわりがそれを許さない。アカやサビのようなもののつくひまがないというように、転がる石をいい意味にとった解釈が根をはりつつある。

二つの世界をふたつながらに生きるには、もうすこしことわざを重視することである。

ふたいろの読者

人間の営みというものは昇華する。貧しい生活をしている人はせっせと蓄財にはげむ。やがてまあまあの暮しができるようになる、あるいは、成功して金持と言われる身分になる。すると、にわかに書画骨董にこり出したりする。俳句をひねるのもあらわれる。こういうことにはどうやら時代も国境もないらしい。「衣食足りて礼節を知る」というわけだ。

実際的なものから文化的、教養的な価値へ目が向けられる。社会の大勢はその方向を進んでいる。

もっとも例外もないわけではない。例の一般意味論が、抽象のハシゴを降りろ、具体こそ伝達の基盤である、と教えたのなどはその一例であろう。

同じようなことを、われわれはもうすこし身近なところで経験している。昭和三十年代はじめの、役に立つ英語教育というのがそれである。礼節としての教育を考えるなら、実用語学はむしろ堕落である。危険ですらある。それがどうしたことか、一般の支持を得て、あれよあれよという間に広まってしまった。わが国が文化的にはまだ貧しい社会であったことを物語るものである。

われわれは目でものを見る。文字を読むのが第一次的な目的ではない。危険から身をまもり、欲しいものをとり、生きていくために必要な活動の基本である。文学作品を読み、絵画を鑑賞し、彫刻をめでるために目がついているのではないことははっきりしている。

実際的な視覚の作用を第一次的機能とするならば、芸術鑑賞にあたってはたらくのは第二次的な視覚の利用である。第二次的作用の発動は、ある程度、第一次的機能にゆとりが出たところでないと難しい。いつなんどきクルマにぶつかるかもしれないという路上では、名作にわれを忘れることはできない。

聴覚にしても。第一次的には生きて行く情報を得るためのものである。音楽の耳は、第二次的なはたらきである。つまり、芸術はおしなべて、感覚のセコンダリな活動に依存して生まれるものであることがわかる。そう考えると、五感のうち、第二次的利用に向けられるのが、視覚と聴覚の二つしかない不思議がはっきりしてくる。味覚芸術や、香道のように嗅覚芸術？　も考えられないわけではないが、なお、それぞれの感覚の第一次的活動の域を脱することの難しさを示している。

転じて、ことばにも、第一次的使用と第二次的使用を区別することができる。第一次的使用とは、当用の伝達を目ざしたことばである。〝役に立つことば〟と言ってもよい。第二次的使用とは、遊びのことば、文化としての言語活動である。役に立たないことば。芭蕉が、俳諧のことを「夏炉冬扇」だと言ったのは、この第二次的言語の世界を指したと考えられる。

もし、言語の使用についてこの二種類の区分を認めるならば、それを受容する読者にも、同じような区別があってもよいことになるであろう。第一次言語に対応するのが、第一次読者であるならば、第二次言語に対するのは、第二次読者となる。両者は同じ読者ではあっても、その心的作用において大きな違いがあるはずである。

いま、かりに第一次読者のことを〝実際読者〟、第二次読者のことを〝文学読者〟と呼ぶことにする。これまでの文学研究や文学批評では、このふたいろの読者の存在をはっきりさせないでいた。新聞、雑誌を読むのも、小説、詩歌を読むのも、同じように読みであるとした。同じ人間がときに、詩を読むこともあれば、コマーシャルを読むこともある。これまで読みについてのこの質的相違ということには関心をいだかないかのごとくであった。

そのために、文学芸術は、しばしば大きな不利益をこうむらなくてはならなかった。不当な誤解に苦しむことにもなったのである。風俗を乱し道徳にそむくという古来からの批判も、要するに、文学読者を必要とするところで、実際読者が前面に出てものを言うためにおこるのである。

実際読者にとって、たとえば表現のあいまいさはよろしくない欠点である。しかし、文学読者にとっては、これは美の源泉となりうる。あいまいさがおもしろいという発見は、言語文化がかなり洗練されてこないとおこらない。日本の文学が、ごく古くからこのあいまいさの美学に目覚めていたのは、特筆してよいことであろう。

文学史をもう一度、文学読者の観点から検討してみる必要があるように思われる。ピープスの日記の場合を考えてみると、この日記の実際読者は微妙である。暗号で書いたところを見ると、第三者の実際読者は筆者自身によって拒否されていることになるが、かりに実際読者があるとすれば、そういう読者には個人的記録で、文学的意味はないとしてよい。禁じられている第三者がこれを解読したとき、つまり文学読者があらわれたとき、はじめてこの日記は文学の歴史に名を列ねるようになった。ダーウィンのビューグル号航海記が文学史でとりあげられるのも同じ理由による。

どこの国でも古い時代の文学史が、元来は文学作品でない文献を多くふくんでいるのは、文学読者がいかに多くのものを〝文学〟にすることができるかを示している。実際読者には、すぐれた詩でも文学にはなり得ないし、文学読者は、原作者の意図とはかかわりなく文学を創り出すことができる。

書物との出会い

大学院で特別講義というのをさせられた。二回である。テーマは書物との出会い。日ごろから、書物からのみ知識を得るのではおもしろくない。生々とした思想を育てるには、人間、社会、現実を〝読む〟力が必要である。近代の学者が、しだいにこの本でない本を読む能力を失ってきて、瑣末主義がはびこるようになった、と考えてきた。

それからすると、こういうテーマで話をするのはおもしろい。ショーペンハウエルが、読書はメガネをかけてものを見ることである。自分の目でものを見られなくなるようでは、本を読むのは害あって益すくなし、という意味のことをのべている。

書物と人間とのかかわりを学生とともに考えてみるのも悪くないと思って、引き受けた。

心をゆさぶられた本との関係は、いわば、忍ぶ恋のようなもの。秘事である。いくら、相手が学生であっても、いや、学生であればなおさらのこと、手放しに、しゃあしゃあと、しゃべれるものではない。

口に出して話したら、せっかく大切に思ってきた本が変質してしまいそうな気もする。忍ぶ恋は、じっと抑えているから、哀切なのではないか。それを洗いざらい告白するのは、はしたないことである。そんなふうに考えるようになった。はじめ、いい気になって承知したのがうらめしくなり、後悔しはじめた。しかし、いまさら降りるわけにもいかない。

本は、また、食べものに似ている。うまいものが体にいいとはきまっていない。口当たりのよくないものがためになるのは、良薬口ににがしと言う通りである。だいたい、多少ともひっかかるところのある本でないと、よい影響はすくない。刺激的な本にひかれる。ことに若いうちはそうである。年をとると、臆病になって、口に合うものしか食べようとしない。

本の読み方には二つの方向があるように思われる。本を出発点として、一般的問題へ考えをすすめるのがひとつで、これは理論的興味である。もうひとつは、具体的事実に向かって関心をはたらかせるもの。これは実証的、歴史的な学問の方法である。

これまでの生活をふりかえって、書物との出会いを語るとなれば、聴いているものの注意は、当然、具体的事実に向けられるであろう。この場合、歴史的というにはあまりにも低俗な興味、つまり、ゴシップ的興味を刺激しやすい。それは好ましくない。

何とかして、一般的問題として受け取ってもらうことはできないか、と考えた。書物との出会いというテーマでは、これは困難なように思われる。それを承知で、どうにかできないかと考えていて、ひとつの案を思いついた。すべて固有名詞を伏せて話したらどうか、というのである。うまくいく自信があったわけではないが、とにかくやってみることにした。

以下は、その概要である。

まず、Xという著者の書いた文章を、偶然の機会、というか、ある強制によって、読んだ。これではじめて、本当におもしろいものが知的な世界にもあるのだということを知った。思考には一種の操作のルールがあることも、おぼろげながらに感じた。

数年後に、Xの全集をすみずみまで読んだ。それによって、ものの考え方の基本を教えられたように思う。これは一生変わることがないであろう。運命的ですらあった。自分の進むコースを決定された。とくに比喩の方法というのを学んだ。

つぎにYという制度に関心をもった。本をさがした。いい本があれば、どんなに深い影響を受けたか知れない。ところが、不幸か幸いか、ロクな本がない。どれを読んでも、失望した。出会いがなかったために、かえって、Yについての関心はいつまでも衰えない。それどころか、近年、ますます、つよまったようにさえ思われる。出会いのないのも、また、よからずや、とこのごろでは考えたりする。

Zと出会ったのは、Yの興味とほぼ同じころである。勉強の方向がさだまらず、右往左往していたときでもあった。人にきいても満足な答えがえられない。しかたがないから、自分で勝手なことを考える。ことごとにWhat is—?という疑問をぶっつけた。

そういうときにZがあらわれた。目からうろこの落ちる思いを味わった。X以来のことである。外国文学でもおもしろいことができるかもしれない、という希望がわいた。

ある問題をとりあげたZは、これについてはZ_1を読めと脚注にしるした。すぐZ_1を読んだ。また、別の問題について、Zは、Z_2を読めと脚注で教えた。時を移さず、Z_2も読んだ。

ただし、Z_1とZ_2はあまりにおもしろく、全部読んだらその拘束からのがれられそうもないようで、こわくなり、三分の一くらいで、あえて読みさした。それで、いっそうの影響を受けたかもしれない。

このX、Y、Z（Z_1、Z_2）から、omegaというテーマを得た。これが、わが、書物との出会いである。

これで、第一回目の講義を終わった。二日後の第二回目には、X、Y、Zにそれぞれの具体名を入れて、絵解きをした。しかし、しないほうがよかったとあとで考えた。したがって、ここでも伏せたままにしておく。

ふうれんもうろう

昔ばなしである。

オオカミがおじいさんとおばあさんを食いに来た。中で話し声がする。ついきき耳を立てると――

おじいさん「おばあさんや、なにがいちばんこわい」

おばあさん「それは、オオカミですがな」

オオカミはどんなもんだと、得意になる。

おばあさん「では、あなたは、この世の中で、なにがいちばんこわいのですか」

おじいさん「わしのこわいのはモルじゃ」

これをきいたオオカミは自分よりも強いモルという奴がいるのか。それならこんなところにぐずぐずしてはいられない、と逃げて帰る、というのである。

　かねてから、どうもモルということばがおもしろくないと思っていた。オオカミに対して、いかにも響きが弱い。オオカミがそれをきいただけで逃げ出すというのが、むしろ不自然にさえ思われる。

　先日、『日本の昔ばなしⅢ』（岩波文庫）を見ていたら、これと同じ話があった。ここではオオカミが虎狼となっていて、いっそう強そうだが、モルはフウレンモウロウである。これは、「古《ふる》屋《や》の漏《も》り」という意味だと注がある。熊本県球磨郡に伝わった形の話だが、フウレンモウロウもその地方のことばであろう。実に、堂々としていてよろしい。これなら。トラオオカミといえども尻尾を巻いておかしくない。

　ただし、この本でも、話の表題は「古屋のもる」となっていて、はなはだ散文的である。なぜ「ふうれんもうろう」としなかったのか。一般の読者にとって、わかりにくいと遠慮したのだろうが、そんな気兼ねは無用である。

　それはとにかく、これほど、雨もりがおそろしかったというのがおもしろい。雨の多い国ならではの昔ばなしである。

　そんなことを考えていて、そう言えば、チョーサーにも、たしか、雨もりをこわがるところがあったのを思い出した。

「バースの女房のプロローグ」である。

「この世にわざわいが三つある」(ther ben thinges three, / The whiche thinges troublen al this erthe—ll. 362-63)とある。その三つとは何か。実はすでにそれよりすこし前のところに出ている。

「自分の家から逃げ出したくなるのは、雨もり、煙、そして、かみつき女房である」(Thow seyst that dropping houses, and eek smoke, / And chyding wyves, maken men to flee /Out of hir owene hous—ll. 278-80)

ここでは、雨もりは主役ではなく、脇役で、口うるさい女房の引き立てになっているが、それにしても、雨もりや、煙がおそろしいものであったのがおもしろい。dropping (dripping) houses という言い方もよくきいている。

「バースの女房」とのからみで、かみつき女房のおそろしさが出てくるのは、はなはだ効果的であるが、これが決して思いつきの趣向ではないらしいのは、ほかにも同じことが出てくるからである。

「牧師の物語」の中に、こういうところがある。

「だからソロモンも言う。『雨もりする家とかみつき女房とはよく似ている』と。あちらでもこちらでも雨もりする家にいる男は、一か所の雨もりを避けようとすると、移ったところでまた雨にぬれる。かみつき女房も同じことで、こちらでほこ先をかわしたと思うと、別なところでやられる。だから、『どんなに貧しくとも、よろこびがあったほうが、いくらおいしいものが山ほどあってもかみつき女房のいる家よりも、どれだけましかしれない』とソロモンも言うのである」

(And therfore seith Salomon, 'an hous that is uncovered and droppinge, and a chydinge wyf, been lyke.' / A man that is in a droppinge hous in many places, though he eschewe the droppinge in o place, it droppeth on him in another place, so fareth it by a chyding wyf. But she chyde him in o place, she wol chyde him in another, / And therfore, 'betre is a morsel of breed with loye than an hous full of delyces, with chydinge,' seith Salomon.—ll. 631-33)

雨もりとがみがみ言う女房がこわいということばを見ると、いかにも、土俗的な感じがする。フウレンモウロウと同類のように思われる。ところがこうしてみると、ちゃんとした聖書の「箴言」という典拠をもっていることがわかる。これはチョーサーにおいては、ちょっと問題にしてよいことである。

チョーサーは、人間のことを、経験（experience）と典拠（auctoritee=authority）の二元論において考えている。現に「バースの女房のプロローグ」にしても、冒頭で、結婚について語るには、典拠はなくとも、経験だけで充分です、とバースの女房は大見得を切る。とすると、聖書は"auctoritee"には入らないのかもしれないという気もしてくる。

いずれにしても、フウレンモウロウ、雨もりが、たいへんやっかいなものであったことが、その昔、洋の東西を問わなかったことは興味深い。かみつき女房のおそろしさは、如何。

英文解釈法

近代の日本文化の根底には英文解釈法がある。冗談ではなく、まじめにそう考えてからもうずいぶんになる。

明治以降の文化は翻訳文化である。はっきり翻訳という形をとっていなくても、翻訳的であった。外国語を日本語に移すには、単語だけでは処理できない。彼我において語順の大きく異なるのを見て、明治の人はまず、漢文のことを考えた。

漢文の返り点読みは、語順の違う外国語を読むための世界でも例があるまいと思われる独特な方法である。ヨーロッパ語にも適用できるのではないか。ただそう考えただけでなく、実際に返り点をつけて読むことをやろうとした。

ところが、これがどうもうまくいかない。やがて返り点読みは消える。それに代わるものとして生まれたのが、英文解釈法であった。ただし、英文解釈法は返り点読みを否定したのではない。外見上はまったく別もののようであるが、根は同じところにあった。

英文解釈法によって、いかなる英文も理論上は翻訳できることになった。その点でまさに画期的で、誇ってよい発明である。明治以後の日本の知識人は、ほとんど例外なく英文解釈法のお世話になってきた。ものの考え方も、知らず知らずのうちに影響されているに違いない。

そういう効用は認めながらも、英文解釈法に限界のあることもまた見落としてはならない。この方法は、原文と語順の入れ替えをセンテンス内で行なっているにすぎない。センテンスとセンテンスの結合については、まったく関心を示さない。

語順の交換をしないと、日本語らしくなってくれない英語である。センテンスとセンテンスの順序も変えてやらなければ日本語らしくならないだろうとは、だれも考えなかったらしい。のんきな話である。局部的には訳されているが、英文解釈方式の和訳では翻訳とは言えない。

英文解釈に根をもった明治の文化は、したがって、本当の翻訳文化とは呼べないはずである。単語を日本語に置きかえ、センテンスの中の語の順序を並べ変えたにすぎない。そんなものは元来、翻訳とは言えないのである。かりに、翻訳だとしても、不完全な翻訳である。

英語の単語とセンテンスは読んできた。関心はそのセンテンスどまり。となりは何を言う文ぞ、とばかり、不自然な連結のセンテンスが並んでいるから、訳文の日本語はつねに原文より難解なものになってしまう。ほかの言語から英訳されたものが、たいてい読みやすく、初心者の語学訓練用に向いているのを知って、われわれはおどろく。

センテンスは読むが、パラグラフは読んでいない。だいたいパラグラフそのものの感覚もはっきりしていない。改行という形式だけは知っているけれども、パラグラフ構成によって生じるおもしろさなどとはおよそ無縁でいる。

英文解釈法によって訳されたものは、局部的で、ディスコースの流れを欠いている。だいいち流れが問題になるほどの大きな表現を考えることはなくて、せいぜい数行の原文の解読をすればよいのだから、文章ということは頭にのぼってこない。単語的で静止している。

明治文化を翻訳的と言ったけれども、こうなっては修正しなくてはなるまい。森という全体的展望を欠いて、木である局部のみを見ているにすぎない。森を移すことはできにくい。そのかわりに木を移植した。そして、それを森であると信じようとした。つまり、明治文化は部分的な〝引用文化〟だったのである。

このことは、一冊の翻訳書についてもあてはまる。ひとつひとつのセンテンスは何とかわかる。パラグラフになると、すでにどちらを向いているのかはっきりしない。ひとつひとつの訳文のセンテンスが収斂性をもっていないのである。さらにパラグラフとパラグラフの間でも同じことが起こっている。全体ははっきりしたイメジを結ばないで、まぶしく光を乱反射しているにすぎないもののようになってしまう。

論理はそれぞれの言語に適した形をとる。論理性は普遍的であっても、ナマの論理はナマのことばから離れては存在しえない。語順を入れ替えただけで、センテンス順はそのままにしておいて一向に平気なことばは、不自然な言語である。日本語でもなければ、原語の形も崩されてしまっている、人工的なことばである。そこにあらわれる論理が自然なものでなくても、おどろくことはなかろう。

われわれは翻訳日本語の論理を考え、創りあげるべきであった。英文解釈的翻訳においては、論理を問題にする余地はないのだから、しかたがないようなものの、それを棚にあげたままで、日本語の非論理性を口にすることが多かったのはたいへんな飛躍であると言わなくてはならない。

まがりなりにも、一世紀以上の翻訳的文化をつづけてきた日本は、ここへきて、急速に在来文化見直しの気運が高まってきた。翻訳的文体も論理を考えてよい時に達しているように思われる。論理が美しいものであり、おもしろいものであることを知らずにいるのは、何ともあわれな社会である。

たとえば、翻訳的文体は、名詞中心である。名詞の訳出には関心があるが、動詞は軽んじられる。原文では、文頭、パラグラフの冒頭にアクセントがあるのに、訳ではそれがぼけてしまっている。こういう点に注意する研究がなくてはいけない。英文解釈法から西欧語解釈法ともいうべきものが求められている。それを受験参考書にしかできなかったのはわれわれの浅薄さであった。

そうそうのへん

「気がおけない」ということばが、いつのまにか、変化してしまったらしい。若い女の子に「気のおけないおじさん」と言われて、喜んでいた男が、実は、油断のならない意味と知ってガックリしたという。「気のおけない友だちととりとめない話をしながら食事をするほどたのしいことはない」という文章を書いた友人が、「気のおける友だち」の誤りだ、注意せよ、と読者からきついお叱りを受けたという話もある。

「かわいい子には旅をさせよ」ということわざを引き合いに出して、旅行の小遣いをせびる女子学生はすくなくないという。彼女たちが、ひねりのつもりで言っているのか、文字通りの意味で言っているのか、はっきりしないが、どうも、かわいい子にはせいぜい旅行で見聞をひろめさせなくてはいけない、という我田引水の解釈が多いように思われる。

「流れにさおさす」は、もともと、流れに沿って進むことのはずであるが、これも、いつしか流れにさからってさおさすことになっている。すくなくとも、そう解する人がふえた。

おもしろいのは、「情けは人のためならず」である。人に情けをかけると、いずれはまわりまわって自分のところへいいことが返ってくる。考えてみると、ずいぶんいやなモラル？　である。自己本位で、そんな情けならかけてもらってもありがたくない。内容上問題のあることわざと言うべきである。

このごろの若い人は、その抵抗をさけるためか、新しい解釈をくだすようになった。へたに情けをかけると、その人の独立心がそこなわれる、よろしくない。きびしく突きはなせ、といったふうに改装した。合理化の結果か。

「犬も歩けば棒に当たる」。いろはかるたでよく知られたこのことわざも、逆転の意味ができている。もとは、よけいなことに口を出したりすれば、ひどい目にあう、という意味であったのが、いまでは、思いがけないときに好運にめぐまれることもある、と考える人が、すくなくない。もともと、棒はよくないものだったのが、よいものに変わった。棒を骨のようなものと想像している向きもあるらしい。

戦後、いろいろな抽選が多くなった。宝くじだって、住宅申込みだって、当たるのはいいときまっていることも、こういう新解釈をうながす事情であるかもしれない。

多くのことわざの新解釈がなお〝誤用〟の域を脱していないのに、この犬棒については、二つの解釈をあげている国語辞書もあって、いい目を見る犬棒も公認された形である。

英語でも、nice のように、裏表二通りの意味をもつものがある。

また、かつてよく議論のタネになった、There is no love lost between them.（二人の間に失われる愛はない）も、はじめは、すこしも愛が失われない、すなわち、たいへん愛情こまやかなことをあらわした。ところが、no love にひかれたものか、失いたくとも、愛情のひとかけらも残っていない。つまり、ひどく仲の悪い二人という意味になって、いまでは、こちらのほうで通用している。

前に引き合いに出したが、A rolling stone gathers no moss.（転がる石はコケをつけない）をここでも問題にしないではいられない。

イギリスでは、もちろん、商売変えばかりしたり、たえず住いを移しているような人間にはコケのようないいものはつかないと解し、辞書は moss=money と断定した。定住社会の考え方である。われわれの国で、「いわおとなりてこけのむすまで」というのも、同じ背景から生まれた表現である。

ところがアメリカへ渡ると、これが、逆転する。転がっている石には、コケのようなきたないものはつかない。優秀な人材は世の中が放っておかない。たえず、新しい仕事が待っていて、席のあたたまるひまもない。アカやサビのようなもののつくわけがない、と解する。流動社会の見方である。“gather (s)” という語はイギリス側の解釈にふさわしいものだが、そういうことは無視されてしまって、アメリカ流の反解釈が成立した。

こういう例をならべてくると、正と反とは、普通考えられているほど遠くて対立しているのではなく、ちょっとしたことがあると、一方から他方へひっくりかえる、かなりあやふやなものであることがわかる。そして、どちらも、ある程度、人間社会の半面をよくあらわすから妙である。

文学作品の評価が、プラスから一転してマイナスへ急変することがある。埋もれていたのがにわかに脚光を浴びるということも、ないではない。作品が生まれて、三十年、五十年すると、多くの場合、はじめとは逆の評価があらわれ、それが、古典的、歴史的な評価になることがすくなくない。意味は時代とともに変わる。

青海原が、いつのまにか桑畑に変わる。そういう、世の中のはげしい移り変わりのことを、滄桑の変という。ことばの世界では、これがたえずおこっているのである。「そうそう」としたのは漢字をさけるためで、他意はない。sea change である。

距離の美学

在世中は飛ぶ鳥も落とすかと思われたような詩人、作家が、亡くなってしばらくすると、めっきり言及されることもすくなくなり、やがて半ば忘れられた存在になる、というのは文学史上、すこしも珍しくない。

近くは、T・S・エリオットがそうである。かつてのエリオットの声望を知るものにとって、近年の状態はほとんど考えられない冷遇である。文学者は肉体の死とともに、しばらくは、歴史的にも死に近い冬眠をしなくてはならないもののようである。エリオットもいまその冬眠をしているのであろう。冬眠だから、やがては目をさます。それが再評価である。いつその冬眠を終わるかの予測は難しいが、あまり遠くない将来でないと、文学史の前列に並ぶことは難しくなる。

それに対して、生前はまったく無名であったか、あるいは不遇であったという人が、歿後になって、突然のように脚光を浴びるということもないではない。G・M・ホプキンズなどの例が頭に浮かぶ。考えようによっては、生きているうちから冬眠に入っていたのが、肉体が亡びて芸術的生命のほうは蘇生したと言うこともできる。作家、作品の評価というものは、一本調子に安定してはいない。たえず、小さく、あるいは、大きく浮沈をくりかえす。流行がある。死後の冬眠は、そのもっとも大きな沈黙というわけである。

シェイクスピアは例外だと考えたいが、やはり、この流行の法則から自由ではあり得ない。三百年のシェイクスピア批評史は、浮沈の軌跡であると言ってよい。

われわれが学生だったころ、ヴィクトリア朝的、ということはすべてよくないものとなっていた。反ヴィクトリアニズムが正しいとだれもが信じていたようだから、われわれもそう考えた。代表的なヴィクトリア朝詩人のテニソンなどは、そもそも詩人と扱われなかったのではあるまいか。それが、第二次大戦が終わってしばらくすると、微妙に変化してきた。ヴィクトリア朝がおもしろくなってきた。ヴィクトリア朝文学もまんざら捨てたものではないという見方が、新しいと感じられるようになる。テニソンの研究があらわれはじめて、目をひいた。

明治の人には江戸時代は危険なものであった。それに背を向けることに未来はあった。これが大正、昭和と続いてきたが、やはり第二次大戦後は、江戸時代がおもしろくなり出した。新しい目で見る人がふえてきて、最近のような状態にまでなった。

どうも、われわれ人間には、すぐ前の時代には反撥する傾向があるらしい。そして、そのもうひとつの前の時代には魅力を感じるようになっている。

この反撥と牽引は、本体の価値や性質とはあまり関係なくおこる、いわば物理的な現象であるように思われる。

どんなにすぐれているものでも、なれてしまっているものには、ありがたさがわからない。天下の絶景を毎日庭先に見ている人にとって、それが絶景であることは、よそから来た旅人に教えてもらわなくてはならない。教えられてもなお信じ難い。

そこを離れて遠くに住んでみると、郷里の美しさがいまさらのように思われ出す。

どうして、近くのものには反撥し、離れると心ひかれるのか。おそらく、同類反撥のような心理がはたらくのであろう。近くのものにのみ関心をもってよしとするのでは、人間の認識の範囲は、ごく小さなものに限られてしまうおそれがある。

近くのものには異和を感じ、離れたものに好奇心をはたらかせるという本能的傾向があって、われわれの世界はかなり広く大きく、均質的なものになる。

そのひとつのあらわれが、セレンディピティ（serendipity）である。目ざすものは見つけられないが、行きがけの駄賃のように、思いがけないものを発見するのがセレンディピティである。つまり、目ざす視野の中心部にあるものは案外、見えていても見えない状態であるのに、どうでもよい視野周辺のものがよく見える、のである。中心部のものには意識しない反撥が、周辺のものには同じく引力がはたらいているに違いない。

人間には親に反抗しながら、気がついてみると、祖父母に引かれているということがすくなくない。これがアタヴィズムというものである。文化的にもアタヴィズムということがあるのではないか。

ごく近くにあるものには、知らず知らずのうちに、反撥する。それを表面化させないでいるのは、社交の原理であろう。そういう相手が亡くなれば、社交の原理も不要になって、一挙に反撥が表面化する。

そこで、すべてが一度は冬眠に入る。やがて、忘れられて、遠い離れた存在になる。そうすると、逆の引力が動き出し、つまらなかったものが、一転おもしろくなり出して、再評価がおこる。時間的距離によって、鼻についたり、おもしろくなったりする。古典はその距離がじゅうぶんに大きくなったところで成立する価値である。

このように時間の軸で考えられることは、空間の軸においても妥当するはずである。予言者は郷里では容れられない、というのも、遠くの人びとには認められても近い人にはわからない価値のあることを教える。外国文学では、母国語読者の見落としている価値を発見することができるはずで、それは古典性に照応するものである。

後記の思想

先日、思いがけないお見舞の手紙をもらった。加減がよくないらしいが、もういいのか、とあってびっくりした。どうしてそんなことをご存知なのか、と思ったら、『英語青年』の編集後記で知った、というのである。実は、風邪をこじらせて、連載を一回休んだ。そのことが編集後記に出ている。

そういう私事は別として、やはり後記はよく読まれるのだな、というのでおもしろかった。

雑誌の読み方には、二つある。ひとつは、巻頭から順次に見ていくもので、かならずしも読むとはかぎらないが、ページを追ってうしろのほうへ進む。もうひとつは、まずはじめに編集後記、あるいは雑録から読み始める流儀である。

巻頭から見ていくのは、玄関から堂々と訪問するようなものである。それに対して。後記から読み始めるのは勝手口から、こんにちは、とやるのに似ている。台所には、玄関にない生活のにおいがただよっている。冷え冷えとして改まった応接室で待たされるよりは、多少ごたごたしてはいても裏口は親しみがもてる。そのほかに、庭先から訪れるという手もあるけれども、これも、玄関を敬遠する点では勝手口読者の部類に入れてよかろうと思われる。

こういう癖はめいめいのプライバシーに属することだから、はっきりしたことは言いかねるが、後記読者は案外たくさんいるのではなかろうか。もちろん、これは日本の読者、日本の雑誌についてのことである。英米の雑誌には編集「後記」に当たるものがないのが普通で、それらしいものがあるとすれば、最後ではなくて、むしろ巻頭におかれるだろう。これについては、またあとで、もうすこし考える。

はじめての同人雑誌などを手にすると、まず、編集後記を見る。それでおもしろそうだとなると、心を入れて、目次をながめることにする、という人がいる。後記に訴えるものがなければ、縁がないものとお互いにあきらめるというのである。そうなると、後記も埋草のような気持では書けなくなる。

実際に雑誌をつくる側からすると、後記は決しておざなりな文章ではない。何を書こうかと、何日も迷ったり考えたり、ということもすくなくないのは、読まれているらしいことが書く人間にも感じられるからである。『英語青年』には、かつては編集後記がなかった。その代わりかどうか知らないが、古くからある片々録が大事なページになっている。編集部はその材料を集め、記事をつくるのに人知れぬ苦心をしている。

近年は、その片々録に加えて編集後記もあって、勝手口読者は至れりつくせりのサービスを受ける。

それはそうとして、こういう後記の好きな読者がいるというのは、雑誌の読み方だけの問題ではないような気がする。日本語、日本の文化全体にひろがる根をもっているのではなかろうか。つまり、われわれ日本人は知らず知らずのうちに、後記偏愛の傾向を内在させているらしいということである。

欧米は序説文化だという感じがする。重要なことはなるべく早いところで出しつくす。われわれだと本のはしがきなど、たいしたことが書いてあるとは考えない。ざっと読み流す癖がいつのまにかついている。ところが、外国の本のイントロダクションを同じような気持で読むのはとんでもないことで、その本を理解するのに欠かすことのできない重要な部分である。イントロダクションだけで独立した著述になるのも不思議ではない。

われわれの国では、本論の前に大切なことをもち出すのは普通ではないとする感覚があって、序説学者というのはヤユしたことばになるのだが、欧米風に考えるならば、序説がしっかりしていれば、学者として一流のはずである。

われわれには、後記の思想がある。おもしろいことはあとのほうにあると思っているし、はじめから手の内を見せるようなことをしては、あとあとの楽しみがなくなってしまうという不安をいだく。後方重心型だと言ってもよい。

これは文章法にもはっきりあらわれている。「あの人は誇るべき経歴の持ち主・・・」というところまででは、判断は停止されたままでいないといけない。ひょっとすると、「・・・とは思わない」と続き、それまでのことをひっくり返すかもしれない。英語なら、そういうどんでん返しはまずない。はじめのところでI don't think・・と早々と否定を出すから、誤解の余地がすくない。疑問文、仮定なども文頭でそれとわかるようになっている。

日本語が後方重心型だとすれば、英語は前方重心型である。われわれはこの違いに気づかずに欧米の文物思想をとり入れようとしてきたのではなかったか。日本でも新聞の記事は前方重心型の構造をもっている。そして、そういう新聞を毎日読んでいるのであるから、相当の教育を受けているはずである。それなのに、なお、われわれの多くに後記の思想がつよいとすれば、さきにあげたようなシンタクスの影響が思いのほか大きいのではないか、と考えさせられる。

座談会でも、速記が止まってからの話がおもしろいのが相場である。ものごとのテンポがはやくなってくると、こういう余韻文化がどう変わるのか、多少気がかりである。

形容詞の固有名詞化

ぼんやり書棚をながめていたら、内外の辞書の書名にある形容詞が気になり出した。実にいろいろなことばが用いられている。“Concise”“Shorter”“Global”“Progressive”“Universal”“Pictorial”などが目に入る。“New”というのがとくに多いように思われるのは、辞書は新しいものほどすぐれているという考えを暗示していておもしろい。“Pocket”というのは形容詞ではないが、辞書の名前の中にあらわれるときは形容詞であることは言うまでもない。

同じ形容詞でも、それが辞書の名前として果している役割は一様ではない。“Pictorial”というのは、はっきりした限定を示しているが、“Concise”とか“Shorter”ではそれほど明確な性格をあらわしているとは感じられない。まして、“New”となると、ほとんど限定の作用がないと言ってもよい。

われわれがそれぞれの辞書を呼ぶとき、その書名を全部言うことは、まず例外的で、日常は適当に省略している。その場合に、形容詞の部分が重要な手がかりになる。“Concise”とか、

“Global”とか、“Progressive”とかが、呼び名になる。これはひょっとすると、日本人だけのくせかもしれないが、こういうことを続けていると、そのうちに、形容詞が固有名詞のようになってくるのである。はじめに、辞書の書名の形容詞が気になり出した、と書いたのは、このことである。

名詞と形容詞ははっきり分かれているようで、案外、近い仲であるらしい。

なるほど、名詞はいわゆるプライマリ（primary）であり、形容詞はセコンダリ（secondary）であるけれども、それがそれほど截然とは区別できない例がいくらでもある。古典的な例は cannon ball で、cannon はもちろんそれ自体はプライマリであるけれども、こうして、あとにプライマリが続けば、臨時にセコンダリとして働かないではいられない。つまり、名詞には形容詞になろう、なってもよい、とする傾向があるということである。

そのお返しではないが、セコンダリである形容詞が、プライマリ、すなわち、名詞的になる語法もある。the poor（=those who are poor), the beautiful（=beauty）などの例は、高校生でも心得ている。名詞に、形容詞になろうとしているのがあるのとは逆に、形容詞にもまた、名詞になろうという勢いのあることがうかがわれる。

古い文法が、名詞と形容詞をひっくるめて noun と呼んでいたということが思い合わされる。名詞が形容詞のように使われたり、形容詞が名詞顔をしていたりする。その背後には、プライマり、セコンダリの区別を超えて、共通に作用する心理があるのかもしれない。

こういうように考えてくれば、一歩を進めて、一部の形容詞が固有名詞のようになったとしても、さほどおどろくにはおよばない。われわれの間で、“Concise”が半ば固有名詞と感じられているのは事実である。もっとも、ここでは外国語という点を考慮に入れる必要があるであろうが、いまはしばらくそれを除外する。

形容詞が固有名詞のようになるのは、古くから実際に、いくらでもその例がある。Brown とか White といった人の名前がそれである。こういう名前も、はじめはおそらく形容詞としての意味をもっていたに違いない。それがやがて、完全な固有名詞として確立したのである。辞書名の形容詞はまだ、それほどはっきりした固有名詞ではないが、そちらのほうへ向かっているとは考えられるであろう。

これはすこし別の話になるが、かつてブリタニカで、保守主義を調べようとして索引を見たが、conservatism の項目がなくて面くらった。あったのは conservative という形容詞形の名詞だったのである。しかも、その記述が、イギリス保守党という固有名詞とほとんど分かちがたく結びついているのを知って、もう一度びっくりした。

だいたい、イギリス人は -ism のつくことばをあまり好まない。その conservatism にしても、やっと一八三五年になって出現するという有様である。それに対して、形容詞形の conservative

は十四世紀にすでに英語になっており、さらに、これが名詞として用いられた初出例も一三九八年になっている。

われわれは、いわれもなく、名詞先行説ともいうべき考えに支配されているかのようである。名詞があって、それから形容詞が派生するように思いがちであるが、conservative の例を見ても、しばしば、形容詞が先行するものであることを認めないわけにはいかない。

形容詞先行のもっともはっきりしたのに、prehistory と prehistoric がある。prehistory の初出は一八七一年なのに、prehistoric という形容詞は、その二十年前の一八五一年にあらわれている。（ついでに言えば、prehistory という、歴史でもっとも古い時代をあらわす語が、もろもろの歴史用語がほぼ出そろったあと、しんがりを承わって登場するのも、おもしろい。）

形容詞が名詞になろうとする傾向を music ほどよくあらわしている例も、すくない。Muse から music という形容詞形が生まれ、やがてこれが名詞的になって、musical という形容詞ができたが、これもやがて名詞になってしまった。

シェイクスピアのイメジ

シェイクスピアの作品をE・K・チェインバーズの推定年代により、初期のものから順にひとつひとつ読んでいったことがある。最後の『テムペスト』に至るまでに、いくつかの素朴な疑問をいだくようになっていた。

それをいま頭に浮かぶままに書き出してみると、①なぜ、シェイクスピアはこんなに冗舌なのであろうか。ことば好きであるのはわかるとして、ことに初期の作品には大言壮語の印象すら受けるところがある。つぎに、②はじめのうちは各語は透明で、輪郭のはっきりした意味をもっているように思われるのに、後のほうへ移るにつれて、すこしずつくもりが生ずる。これを円熟と見るか、あいまいと見るかは別として、筋の芝居だけという感じの初期作品と比べると、はっきりと濃密な雰囲気がただよっているのが後期の作である。ことばそのもののもっている意味の働きが、両者において異なっているのではないか。

③は、英語の激動期にあった作家として、ことばへの不信があったのではないか。ベイコンは

その気持を、エッセイをラテン語で書こうかという形であらわしたが、シェイクスピアはことばを重ねることによって、わからなくなる心配をさけたのではないか。そして、④作者としての円熟と各語の意味の展開との間に、何か連関が認められるのではないか。意味がはげしく流動していた時代に二十年もの間、創作を続けていれば、初期と晩年では、同じ語の意味にもはっきりしたズレが生じていておかしくない。それをわれわれは固定化しようとしているのではあるまいか。

このように考えると、辞書、グロッサリー、レキシコンの説明ではあきたらなくなる。シェイクスピアの使用した年代順に語義をならべた、新しいシェイクスピア・グロッサリーがほしい。ひところ本当に作ってみようかと考えた。前の用法があとの用法に影響を与えながらも、新しい意味へ移って行くのがたどられるようなグロッサリーである。

たとえば、brave という形容詞。これは、① courageous, ② finely arrayed, ③ excellent, capital, fine の三つの意味でシェイクスピアにあらわれる。

『テムペスト』、ミランダの"O brave new world"は、③の意味に解されているが、ファーディナンドの衣装を頭に入れれば、②の意味を下敷にしており、さらには①の意味も関係しているという重層的意味である、と考えることができる。三つの意味がそれほどはっきり独立しているのではないのかもしれないし、あるいは、初期では①や②の意味でよく使われたものが、後期になるにつれて、③へ比重が移ってくるようになるのかもしれない。

そういうことが、比較的容易にとらえられるグロッサリーがあるとよい。これはシェイクスピアに限らず、長い期間にわたって創作活動した作家なら、だれにでも考えられることである。個人言語における歴史的展開の軌跡と構造を明らかにできるならば、創作の心理への大きな手がかりが得られる。

そのときのこういう疑問は、そのまま未解決でいまも残っている。その後、シェイクスピアの演劇はもともと音楽的性格のものであったのに、やがて、彫刻的性格のものとしてとらえられるようになり、さらに、十八世紀に入るとともに絵画的性格のものに〝翻訳〟されるようになった、と考えるようになった。われわれ主としてテクストによってシェイクスピアに接するものにとっては、この音楽の世界が絵画の世界に転換させられて起こる大変化に対して、ひどく鈍感である。

シェイクスピアが古典化の過程で受けたもっとも大きな〝破壊作用〟は、おそらくこの構造的変化であったであろう。音楽的演劇においては、パースペクティヴ、視点は自由に浮動することが許されるのに対して、絵画的演劇は固定した視点にしばられて動くことができない。両者では論理も同じではありえない。

十八世紀のシェイクスピア編纂者たちが、各場面を示すト書きに苦労しているのも、ゆれ動いているものを一か所へ固定しなくてはならなかったからである。“Before . . .”というようなト書きがすくなくないのは、その間の苦しまぎれの工夫である。

それはともかく、ことばの音楽としてのシェイクスピアが、十八世紀以降、しだいに〝絵画〟となって行くにつれて、個々のことばも、聴覚的なものから視覚的なものへと、性格が変わってくるのは是非もない。われわれは、まったく静止した文字からシェイクスピアに接近した。それは〝近代的〟、つまり、印刷文化の中における読み方である。シェイクスピア自身、そういう読者があらわれようとは予期しなかったに違いない。

シェイクスピアのことばは、元来、つよく聴覚的である。視覚的言語においては、同じようなことばを重ねると、意味がぼやける傾向があるけれども、話すことばでは、ことばを重ねると求心的にイメジがはっきりする。それは冗舌でも大言壮語でもない。かつては読み違えていたのではないか、とこのごろ考えるようになった。

シェイクスピアのイメジといえば、主として視覚的イメジのことを考えてきたが、聴覚的イメジをはっきりさせないのでは、一面的になるおそれがある。音楽の意味と絵画の意味とは、しばしば食い違う。シェイクスピアのことばの意味を、聴覚からもう一度吟味してみたい。

Ⅱ

シェイクスピアの空間

シェイクスピアのト書きのことを調べていて、場面がどこにおかれているのか、はっきりしないのが、気になり出した。もちろん、各シーンのはじめに、どこそこという場所は示されてはいるものの、その中におさまっていないで、揺れているように思われるところがある。

急いで断っておかなくてはならないのは、そういう場所を示すト書きは、シェイクスピアのあずかり知らないものだということだ。十八世紀の編纂者たちの加筆に始まったものである。それがなかなかやっかいな仕事だっただろうと考えられるのは、もともと、シェイクスピア劇は非限定の空間を前提にしていたからである。

ひとつには、例の張り出し舞台で上演されたこととも関係する。能舞台でもそうだが、張り出した舞台は、三方からながめられる。いわば彫刻的である。近代劇が、がっちりした空間、額縁型の舞台にはめこまれているのと、いちじるしい違いである。近代劇は室内を主とした絵画的空間を中心にして展開する。

十八世紀のエディターたちが、シェイクスピアのテクストの場所を明確にしようとして、ト書きをつけたとき、すでにかなり絵画的になっていたと想像される演劇空間をもち込んだと見てよかろう。その結果、彫刻的性格、音楽的性格のつよかったシェイクスピアの演劇に絵画的要素が添加、強化されることになった。

そういうことを考慮に入れてもなお、シェイクスピアにはいかにも戸外のシーンが多いという印象である。

印象だけではしかたがない。実際はどうか。調べてみた。ここに、全体のシーン数に対する戸外のシーンの百分比をとってみると、次のようになる。

『あらし』と『恋の骨折損』の二篇は百パーセント戸外が舞台になっていて、室内のシーンはない。以下、率の高い順に列記すると、

『ジュリアス・シーザー』	八九
『トロイラスとクレシダ』	八八
『タイタス・アンドロニカス』	八六
『コリオレーナス』	八六
『お気に召すまま』	八六
『ジョン王』	七五

『シムベリン』	五一
『アントニーとクレオパトラ』	五〇
『ウィンザーの陽気な女達』	四八
『ロミオとジュリエット』	四六
『リチャード二世』	四二
『アセンズのタイモン』	四一
『ペリクリーズ』	三九
『以尺報尺』	三八
『むだ騒ぎ』	三八
『ヘンリー八世』	三五
『終わりよければ総よし』	三二
『冬の夜ばなし』	二九
『ハムレット』	二五

（テクストはグローブ版による）

戸外のシーンのほうが室内より多い作品、つまり右の数字が五〇以上のものが、二十六篇ある。全作品の七割。全作品の総シーン数は七四四だが、そのうち戸外のシーンが四四一場ある。

こちらもやはり六割近い。シェイクスピア劇がアウトドアで行なわれているという印象はやはり当たっていた。

戸外のシーンの中でもとくに注目されるのは、「…邸の前」といった場面設定である。建物の中へは入るに入られない。不特定の人物が、ひょっこりあらわれたりするからである。家の中へそんな人間が飛びこんできてはたまらない。室内にしたほうがよいところもあるけれども、同時に、外でもないとまずい。そういう箇所が同じシーンにある。十八世紀の編者たちも、こういうところのト書きには、さぞ苦労したことであろう。家の中でもなく、それかといって、まったくの戸外でもない。苦肉の策として生まれたのが、「…邸の前」のようなものであったと思われる。

「ひさし」というものは日本の建築にしかないと言う民俗学者がいる。くわしいことはわかりかねるが、英語にも、eaves（のき、ひさし）とか eavesdrop（立ち聞きする）という語はある。ただ、日本の「ひさし」のほうがフトコロが深いということはあるかもしれない。シェイクスピア劇は「ひさし」のような建物の中と外の中間領域を中心とする演劇と考えられないこともないようである。そして演劇には eavesdropping の性格があることを考えあわせる。

アイランド・フォーム

イギリスのヒューマニスツのひとり、ロージャー・アスカム（一五一五―六八）が『スクールマースター』で、「わたくしもイタリアに行ったことはありますが、幸いにして九日しか滞在しませんでした」（'I was once in Italie my selfe: but I thanke God my abode there was but ix dayes'）と書いている。

いかにも、長くいてはけがれると言わんばかりの調子がおもしろい。それが当時の人のあこがれの的イタリアだから注目せざるを得ない。「イタリアかぶれしたイギリス人は悪魔の化身」ということわざができるほどイギリス人がイタリア風を摸倣したときに、アスカムはあえてそれに異を樹てた。

（ついでに、この『スクールマースター』というラテン語教授論には、パラフレーズをしてはいけないという注意がある。パラフレーズをすると、原文の「最上のことば」の「最上の並び方」から学習者の目をそらせる、という理由である。）

ヒューマニスツといえば、古典語に通じ、外国の文化にとくべつの関心をもっている人たちである。むしろ、先頭に立って先進イタリア風の模倣を奨励をしてよさそうなものなのに、アスカムはその逆にイギリスの文化の愛護を考えた。一種の反動である。

そのことは、ことばにおいてことにはっきりする。彼はつとめて外来のあるいはラテン系の語彙をさけ、在来の英語だけで、柔軟にして正確な文章が書けることを示した。文体におけるナショナリズムだとしてよい。

同じくヒューマニスツでアスカムの友人であるサー・ジョン・チーク（一五一四—五七）となると、これはもうこりかたまりの国語擁護論者と呼ぶよりほかはなかった。イギリスの法廷や議会で英語が公用語となったのが一三六二年だから、英語の自立からまだ二百年たらずしかたっていない。ヒューマニスツたちのすこしあと、ベイコンが『エッセイズ』をラテン語で書こうか、英語で書こうか、一時迷ったということを考え合わせると、アスカムやチークのいさぎよいまでの国風の姿勢はいっそう目ざましいものに思われる。

自国語（vernacular）の文化を確立していくのがヨーロッパ各国に共通する近代の大きな特色であるけれども、イギリスの自国語文化の歩みは大陸の諸国とはやはり異なった様相を示している。歴史的、文化的にラテン語から自由になるだけではなく、地理的に大陸からも自由にならなくては近代を迎えることができなかった。イギリスのルネッサンスがヨーロッパ大陸の国々とはかなり違った形のものであることを見てもそれは理解されよう。二十世紀になって、フランスのドゴール大統領が、「イギリスはヨーロッパではない」と断じたのは象徴的である。

そのイギリスの地理的条件にもっとも早く気づいたひとりは、チョーサーであった。天体観測儀の使用法をのべた中で、これはローマでのことである、ロンドンでは違った結果になる、と注意しているところがある。イギリスはイタリアにあらずということをつよく感じていたと想像される彼の文学的生涯が、フランス期、イタリア期を経て、イギリス期へ回帰して来るという、いわゆる三期説をとりうるのは興味深い。アスカム、チークの国粋的な言語観はチョーサーのイギリス期の延長線上に生まれたものであったとしてよかろう。げに、チョーサーは英詩の父である。外国の文物に通じていた学者、文人たちに自国文化への開眼がもっとも早かったというのは、イギリスの歴史を通じて一度ならず見られる現象である。

イギリス人の心の目をこのように内に向けさせるものは何か。これに関して参考になるのは、G・M・トレヴェリアンの「アイランド・フォーム」（島の形式）という考えである。その『イギリス社会史』のイントロダクションで、チョーサーの時代についてこうのべている。

「チョーサーの時代になってはじめて、イギリス人は、民族的、文化的にまとまりを見せるようになった。構成諸民族、諸言語がひとつのものに融合し、上流階級はもはやフランス人ではなく、農民は、もはやアングロサクソン人ではない。すべてがイギリス人になった。英国は、外からの文化を受け入れるだけの国ではなくなり、独自のものを産み出すようになる。…この時代になって、イギリスは、文学、宗教、経済社会、戦争などにおいて、他に類を見ない『島の形式』を創造し始める」

アスカムの文化観、言語観も、このアイランド・フォームのあらわれのひとつであった。外来のものを摂取するとともに、その中にひそむ弊を取り除いて、おだやかなものにする。頭だけでは理解できないところがあって、もどかしさを感じさせる、あのイギリス的なる性格もアイランド・フォームの一面であろう。

わが国も地理的には島である。その限りではアイランド・フォームの文化をもっていてよいはずである。おそらく、このことにはじめて気がついたのは空海だったと思われる。空海は中国から帰朝すると、それまでの大ぶりな書風をすてて、日本人の感覚にとけこみやすい書風を創めたと言われる。その後の漢学者たちも、おおむねアイランド・フォーマリストであった。しかるに、英学者は百年を経てなお、アイランド・フォームを発見せずにいる。いつまでくらげなす、ただよえる国の住人であり続けるのか。

外国人読者

やはり、戦争中に、敵国のことばとして英語を勉強したのが尾を引いているのではないか。このごろそう思うことがある。しきりに「読者」が気にかかる。

戦後になってからであるが、若い研究者たちが、われわれと英米の文学者とをへだてるものは何もないというような議論をしている。そばで聞いていて、とてもそんなに楽天的にはなれない。こちらは、いつも原文を正しく理解しているかどうかに、おびえていた。一行ごとに、薄い氷をふむ思いで進んでいく。それだけに、何とか向う岸へついたときの喜びはひとしおである。こんな経験を向こうの文学者は夢にも知るまい。一般の読者にしてもそんな読み方でまっとうに作品がわかるとは考えないだろう。

アメリカからニュー・クリティシズムの方法が紹介された。テクストの精密な読解にもとづく批評は、これまでの伝記的要素の枠をとりのぞこうという点では、われわれのようなペシミスティックな人間を喜ばせはした。けれども、依然として、その読みの作業の実体にこだわった。

ひと口に読むというけれども、そんなに簡単なことではない。

読み自体を究明してみたい。いつしか、そう考えるようになっていた。

たまたま、そのころ、Q・D・リーヴィスの『小説と読者』を読んで、読者はこういうふうにも扱うことができるものか、ということを知った。この本には、読みの問題については、I・A・リチャーズとW・エンプソンを読むようにすすめてある。言われる通り、両批評家の難解な「悪文」とつき合って、得るところが多かった。

それでも、なお、読者の普遍性を信ずることができない。それどころか、ますます、外国人読者の特殊性をつよく感ずるようになった。そこで、これは、思い切って読者論というものを構築しなくてはなるまいと考える。リーヴィスの読者研究とはもちろん、リチャーズやエンプソンの頭に描いている読者ともかなり違った受容者を想定した。

もともと外国人読者は異常な読者である。極限状況にある。そのことが、読みの本質をさぐるのに、かえって好都合かもしれないと勝手に解釈した。このあたりはずいぶん楽天的だった。

われわれが読者としての自意識になやまされるのは、すらすら読めないからである。イギリスやアメリカの現代文学について、読者批評が生まれにくいのは、読みが軽いからではないか。なめるように読むところでないと読者論は生まれない。英米においても、自国の古典文学に関しては、もっと読者が問題になってしかるべきだと考えたりもした。

そうして、まがりなりにも読者についての考察を始めたのは一九五八年である。手さぐりである。まとまったことなどできるわけもない。それでも自分なりの抱負はある。ただ、海外において、読者論がさっぱりあらわれないのが、いつも気がかりであった。読者と名のつくものは多くベストセラー研究であり、わずかなものが、社会学的、心理学的であるにすぎない。作品を間にはさんで、作者と相対するひとりの読者を見すえた読者論にはお目にかからない。

そんなことで、外国の研究への注意を怠っていたところ、一九七〇年代になって、急に、読者批評がさかんになってきた。どうして、この時期になって読者の問題に関心をもたれるようになったのか、よくはわからないが、朋あり遠方より来る、という感慨もないではない。

「本質的に、この方法が行なったことは何かと言うと、読みの速度を落とすことである。普通では気づかれないことが、分析的な吟味を受けると、目の前にあらわれてくる。それはいくらかアローモーション写真を検討するのに似ている」（スタンレー・E・フィッシュ）といったことばを見ると、アプローチは異なっても、読者の方法はあまり拡散するものではないという見当がつく。スローモーション・ピクチャー式の読解でなら、われわれだって人後に落ちない自信がある。外国勢に大きな顔をさせておくには当たるまいという気がする。

一九七〇年代の読者論は、Reader Response Criticism（読者反応批評）と呼ばれているが、いちばんの特色は、これまで、作者、作品、とくに作品に内存していると考えられてきた「意味」

を、読者の反応にあり、とした点であろう。これは活字印刷文学の出現以来ずっと支配してきた、意味は作者にあり、とする通念に挑戦するもので、一見奇矯と思われるかもしれないが、読者の主体性を考えれば、むしろ、当然の帰結である。

ただ、欧米の学者は、いったんこうと思ったら、それを主張することにおいて、はなはだ攻撃的である。ことは文学作品の解釈の根本にかかわる。もし容認されれば文学史の書きかえも必至となる問題だけに、時間をかけ、慎重にしなくてはなるまい。作者、作品志向の文学研究、批評が、一八〇度転換して、ただちに読者志向になるように考えるのは行きすぎであろう。作者、作品、読者がしかるべき均衡に位置づけられることが望ましい。従来は、読者があまりにも軽視されてきたうらみがある。読者批評はまずその是正に目標を置くべきだ。

ところで、この読者批評の源流に立っているのはI・A・リチャーズである。改めてリチャーズの大きさを感ずる。われわれの国でしいて読者研究のはしりを求めるならば、夏目漱石である。それとは別に、二百年前の江戸時代、富永仲基という町の学者が独自の読者理論を築いていた。

印刷

主として声によって享受されていた文学が、文字、活字によって読まれるようになってから、まだ、それほど長い歴史があるわけではない。文学史が印刷時代になってから生まれたこともあって、この大変化に対してほとんどまったくと言ってよいほど、関心を払っていない。そのため、われわれも、文学作品を「読む」ことを当然のように考えている。声を通じて語られた文芸が、活字を読む文学とはかなり根本的に違った性格をおびることについても、ほとんど注意するところがない。

だいたい口誦の言語芸術に対して、「文」芸とか「文」学という語を用いることからしておかしいのである。口誦時代と活字印刷時代では、同じ作品の意義も大きく変わることがありうる。印刷文化の中で生まれた文学史が口誦文芸についてつねに妥当な見方をしていると考えるのは、のんきでありすぎるように思われる。

印刷文化以前の文学について、こういう歪みをとり去って、再評価をする必要がある。それには、まず、イギリス文学の場合、どの時点で口誦から活字本への転換が行なわれたかを見きわめなければならない。文学史の転換点の設定である。

キャクストンがイギリスではじめての印刷所を開いたのは一四七六年である。

その影響がことばの上にもあらわれるようになるのは、十六世紀に入ってからのようで、OEDの初出年代によって、活字印刷や出版に関連すると考えられる用語をひろい上げてみると、次のようなものがある。（カッコ内は初出年）

reader（1519）, gloss（1548）, narrative（1567）, annotation, edition（1570）, essay（1597）

十七世紀に入ると、さらに専門的用語があらわれる。

critic（1605）, reprint（1611）, syntax（1613）, folio（1628）, quarto（1642）, lexicon（1647）, crit-icism（1674）, lexicography（1680）, quotation（1690）

この傾向は十八世紀になるといっそう顕著になる。

broadsheet（1705）, belles-lettres（1710）, editor, octavo, review（1712）, novelist, variorum（1728）, critical（1741）, literary（1749）, novel（1757）, copyright（1767）, encyclopaedia（1768）, fiction（1780）, originality（1787）, version（1788）, stage direction（1790）, biography（1791）, periodical（1798）

口承の様式から印刷形態への移行にともなって、文芸そのものに大きな変化があらわれたのはむしろ当然であった。アリストテレスが考え、そして、中世から近代の入口にいたるまで続いていたジャンルは、叙事詩、抒情詩、演劇である。いずれも、音声伝達を第一義とする。それが印刷文化の確立にともない、新しいジャンルが続々と登場した。まず、小説がある。エッセイ、批評、伝記、ジャーナリズムもある。いずれもアリストテレスの知らなかったものばかりである。

この印刷革命は、私見によれば、一七一〇年ごろに起こった。すなわち、スティールが『タトラー』(*Tatler*) を創刊（一七〇九）、ニコラス・ロウ編のシェイクスピア全集が刊行された（一七〇九—一〇）。はじめての版権法が成立（一七一〇）。アディソンとスティールが『スペクテーター』(***Spectator***) を創刊（一七一一）。クラレンドン・プレスの設立（一七一三）など。

なかんずく、『スペクテーター』の果した役割は大きい。アディソンはおそらく、もっとも早く、読者という存在を公認した文学者であったと思われる。さらに、それまでの、どちらかと言えば、聴覚的想像に対して、新たに視覚的想像力を前面に押し出したのも、このジャーナリスト批評家であった。十八世紀のイギリス美学がつねに視覚を主座にすえていることを考えるとき、この意味はきわめて大きい。アディソンの視覚想像力の説は、「想像力の愉びについての論」（『スペクテーター』四一一—二一、一七一二）にくわしい。ちなみに、バークレーの『新視覚論』（一七〇九）など哲学的にも視覚への関心は高まっていた。

目で読んで理解する読者がたくさんいなくては、小説もエッセイもジャーナリズムも成立しない。アディソンは、その読者教育に成功した啓蒙家ということになる。いまの文学は、彼に負うところがきわめて大きい。そう考えるとき、文学史的に、現在の評価は不当に低いように思われる。

聴覚的想像力を視覚的想像力に切り換えることは、まさに革命的なことであった。当面、それはまず活字ジャンルの発生をうながすにとどまったが、やがて、ロマンティシズムからイメジャリーへと展開して、よりいっそう深化することになる。

アディソンは『スペクテーター』の創刊早々のエッセイの中で、ほとんどものを言わない人間として自己紹介をしている。そのかわり活字でおしゃべりをする、というわけである。沈黙の文化の宣言と考えることができる。それが虚空の中の叫びに終わるのではなく、多くの読者から歓迎されたということは、これがひとりの文学者の自己主張ではなく、むしろ時代の代弁であったことを物語っている。

一七一〇年ごろに、イギリスの文学史における口承期と活字印刷期の境界線があると考えるのは、これらの事情を念頭においてのことである。沈黙文化の宣言をしたのが『スペクテーター』だとするならば、ふたたび声がもどってきたことを前触れしていて象徴的なのが、BBCの『リスナー』（*Listener*）の創刊（一九二七）で、その間、ざっと二百年。

「私」の問題

論文を書くときのスタイルについて指導を受けた学生のとき、第一人称単数の'I'では主観的でありすぎる。'we'では、あいまいでよろしくない。第三人称の「筆者」'the (present) writer'というような書き方をするものだ、という話をきいて、さわやかな印象を受けた。

いまどきそんなしゃちこばった書き方を学生にすすめることはすくなくなっているけれども、気軽に第一人称をぶっつけないようにする配慮の必要であることには変わりがあるまい。

それにつけて思い出すことがある。かつて京都で日本語で書かれた物理学の論文を英訳していた、あるイギリス人が、「訳せない〝であろう〟」という文章を雑誌に発表して、日本人をおどろかせたことがある。厳密、実証的な科学である物理学の論文で「であろう」がむやみに出る。英訳に手をやいたこのイギリス人はこれをアントランスレータブルときめつけた。下手に訳したりしては論文の正確さを疑われる。あるいは、立論にしっかりした裏付けがないのか、と誤解されかねない、というのだ。

このイギリス人に日本語がよくわかっていなかったからである。それと同時に、そういう表現をした日本の物理学者にも、英語はもちろん、母国語もよくわかっていなかった。「AはBである」ではいかにも押しつけがましい。ヴェールをかけて、おだやかな言い方すると「AはBであろう」となる。逃げているのでも、自信がないのでもない。あえて、ぼかして、当たりをやわらかくしようとする思いやりの表現である。英語論文が第一人称で言うべきところを第三人称にするのと、どこかで通じるものをもっている。ただ、英訳されるのがあらかじめわかっている論文なら「であろう」を不用意に使ってはいけないくらいは、いくら自然科学者でも心得ていたほうがいい。

話は変わるが、若いときに文章を書くのにひどく苦労した。自国語でありながらどうしてこうまで書きにくいのか、わからなかった。いまだってロクなものは書けないし、書く苦しみに変わりはないけれども、さすがにいくらかは慣れの度胸はある。自分なりの方法のようなものもできている。そして、若いころのことをふり返ってみるに、壁になっていたのは第一人称だったらしい、ということに気がついた。

ことごとに第一人称の出てくる英語を読んでいて、日本語を書く。こちらでは、なるべく「私」を出したくない。出してはいけないという気持がはたらく。二重言語性（バイリンガリズム）ということがあるが、スタイルの二重性ということも考えられないだろうか。英語と日本語のスタイルが互いに牽制し合う。日本語のほうがむしろ劣勢で英語にひっぱられるから、書けなくなってしまう。

事実、そのころ書いたものを見ると、「私」の主格はまったくと言ってよいほど出てこない。とくに意識していたのではないけれども、いわば暗礁のごときものではあった。目には見えないが、よほど用心して船を進めないと、つき当たりそうな不安がある。それがこわくて、つい船を出すこと自体がおっくうになるというわけだ。

世の中には、明るい調子で、「ぼく」だの「わたくし」だのと書いている人がすくなくない。そういう文章を読むと、つくづくわが身の因果ということを感じる。うらやましいと思うこともある。その第一人称がかならずしも自己主張的というわけではないのもおどろきである。ただ、では、まねてみようかという気にはならない。それどころか、ますます「私」にこだわるようになった。意地にも使うまいと考えたこともある。このごろはそれほどまで思いつめはしない。やむをえなければ、「私」を使う。しかし、大筋においては、「私」のいない文章を書くのだ、と自分に言いきかせて、それをおし通す。

あるとき、シェイクスピアの独白に、第一人称があまり用いられていないことに気づいた。そう言えば、シェイクスピアのすこし前まで広く見られた非人称表現は、第一人称の主格をさけている。「思う」'I think'と「思われる」'methinks'とは大きく異なる効果をもっている。「私」のいない文章は非人称動詞を使って書いているようなものだ。

また、すこし話が飛ぶけれども、モンテーニュは四十三歳になったとき、「わたしは判断を中止する」という意味のギリシア語（出典はセクトゥス・エンペイリュス『ピュロン主義概説』）を刻んだ銅メダルを鋳造させた。よほど大切なモットーだったのであろう。その「判断中止」という考えに共鳴した。「私」をひかえる文体では「である」という断定をさける。「であろう」でいきたい。「かもしれない」という言い方がしっくりする。

論説では判断を中止していられない。主体のはっきりしない非人称構文は避けなくてはならないだろう。逆に判断を中止して、非人称動詞の多いスタイルに適するのがエッセイである。随想は自分のことを書くが、主観があまりあらわな形をとるのはまずい。自己を語りながら、自己にカバーをかける気持からエッセイらしい文体効果が生まれる。

なまの「私」が出ない点では戯曲にとどめをさす。作者の「私」は作品の表面にあらわれない。非人称的である。それに対して、エッセイは形式的には「私」があらわれるが、心理的には「私」をひかえる。

西欧語にふれた近代日本人は、「私」をめぐる葛藤を経験してきたはずで、それが「私」にこだわった「私小説」のようなジャンルを生み出したのかもしれない。

女流

戦争直後、はっきり自覚があったわけではないけれども、いま考えてみると、なにかしっかりした拠りどころになるものがほしかったのであろう。しきりに文学理論の本を読んだ。イギリスにはこういう方面のすぐれたものがあまりない。すこし失望しかけていたところで、Q・D・リーヴィスにめぐり会った。F・R・リーヴィスの夫人である。その『小説と読者』（*Fiction and the Reading Public*）は、わたくしにとって宿命的とも思われる本だった。外国語で書かれた批評書でも、これほどの刺激を与えうるのかとおどろいた。新しい世界がそこにあった。イギリスの文学そのものが急に近くになったように感じた。

この本に導かれて、I・A・リチャーズとウィリアム・エンプソン、そして、ヴァーノン・リーを読んだ。中でもヴァーノン・リーの『ことばの美学』（*Handling of Words*）にたいへん感心した。作品は作者の手によってすべてが完結するのではない。読者によって形成される部分をつねに残している。したがって、作品は、作者と読者の協同作業によってはじめて確立する。こういう女史の考えは、歴史的な見方しか知らなかった人間にとって、衝撃的ですらあった。Q・D・リーヴィスもヴァーノン・リーの考えに影響されていたのではないかと想像される。

そのころ、まわりにシェイクスピアのイメジに興味をもつ人が何人もいて、カロライン・スパージョンをみんな意識していた。『シェイクスピアのイメジャリー』（*Shakespeare's Imagery*）は必読書であった。われわれははじめて、カードシステムの研究法というものを知った。そして、こういう方法ならば、われわれにだって、客観的な研究ができるのではないかという期待をもつようになったのである。

しかし、スパージョンの仕事では、『チョーサー批評五百年』（*Five Hundred Years of Chaucer Criticism and Allusion*）のほうがおもしろかった。時代を経るにつれて、作品の評価に変動がおこる。ここではその実態をつぶさに見ることができる。背後にひかえている名もなき協同者、つまり、読者の存在を考えた。こうして見ると、Q・D・リーヴィス、ヴァーノン・リー、カロライン・スパージョンの三者が、読者への関心という点で結ばれていることがわかる。それを、ほとんど時を同じくして読んだのは不思議である。

不思議と言えば、もうひとつ不思議だったのは、この三人がいずれも女流だということ。別に意識したわけではないのに、気がついてみたら、申し合わせたように女性だったのである。

そう言えば、ほかにも何人かの女流学者、女流批評家からとくべつの恩恵を受けている。

一人は、ミュリエル・ブラッドブルック。学校を出て間もないころ、戯曲のト書きにこだわったことがある。もとはバーナード・ショーの特異なト書きに触発された関心であったが、やがて当然のようにシェイクスピアのト書きがおもしろくなった。何とかなるものかもしれないと思い出したのはブラッドブルック女史の『エリザベス朝劇場事情』（*Elizabethan Stage Conditions*）を読んでからである。該博な知識を明晰な文章で包んでいるこの本に快感を覚えた。すばらしい女性がケインブリッジにいるのだと思った。

ヴァージニア・ウルフは小説より先に評論を読んで、ここに天才ありと目を見張った。たまたま手にした『ベネット氏とブラウン夫人』（*Mr. Bennett and Mrs. Brown*）という短いエッセイである。あとで批評論集に収められたが、はじめは独立の小冊子になっていた。それを読んだ。読んでからもう三十年もたつのに、いまでも、この評論のことがときどき頭に浮かぶ。

心理学的文学批評というのは、どうも行き過ぎがありがちで、おもしろくないと感じていたが、女流心理学者のモード・ボドキンの『詩における原型』（*Archetypal Patterns in Poetry*）を読むに及んで、こういう研究ができるのなら、心理学は文学にとってすばらしい隣人であると、宗旨変えした。

アメリカでも、やはり女流の本にひかれた。とくに、スーザン・ランガーの『新基調の哲学』（*Philosophy in a New Key*）と『感情と情緒』（*Feeling and Emotion*）がおもしろかった。考え方でも影響を受けたように思う。もっとも、こういう種類の本では、著者が男か女かは問題にするほうがおかしいのかもしれない。ただ、女流学者の本に接すると、何となくとくべつな心理になるような気がする。

ルース・ベネディクトも女性学者で、評判の『菊と刀』（*Chrysanthemum and the Sword*）よりも、『文化の型』（*Patterns of Culture*）に教えられるところが多かった。文化人類学が構造言語学の基盤となっていることは周知だが、文学においても構造批評が考えられるのではないか、と考えた。とくに外国文学の研究にはアンソロポロジーの考えは有益である。

アメリカの文化人類学には女流学者がたくさんいる。異文化の究明には女性の感覚がものを言うのだろうか。外国文学の勉強をしている人間が、女流の仕事からつよい刺激を受けるのも偶然ではないかもしれない。

もう一人、つよく印象に残っているのが、ジョージ・フレイザー夫人、アイリーンさんである。戦後、ブランデンの後任のイギリス文化使節として来日したフレイザー氏が気の毒な事情で帰国したあと、『英語青年』は夫人に通信の連載を依頼した。'London Literary Scenes' という通しタイトルをつけた。毎号すばらしい原稿で、校正しながら、うなった。名文である。柄にもなくこういう英語が書けるようになりたいと思ったりしたこともある。あとにもさきにもないことである。フレイザーは亡くなったようだが、名文家の夫人はどうしているだろうか。

文学史の問題覚え書

このごろは高等学校でも国文学史のようなものを教えるらしいが、われわれは、いきなり英文学史を学んで、いろいろ戸惑うことが多かった。

ひとつは、文学史に限らず、歴史というものを客観的史実の記録であると信じこんでいたために、混乱したのかもしれない。それに、自分のまわりのことにしか関心のない人間には、歴史に対する関心が充分には発達していないこともある。

歴史についての興味は、その歴史の伝える内容になにがしかの異和感をいだいたときになってはじめて生じるもののようである。歴史について鈍感であるのは、幸福な状態であると言うことができる。

歴史的関心が局外者的なものであるとすれば、そしてしばしば、実際もそうなっているのだが、われわれが、国文学史に触れる前に、英文学史を勉強したのは、決して、本末顛倒ではなく、むしろ、自然な順序だったのかもしれない。

初歩の文学史の学生は、歴史の事象と歴史の記述との差についての認識がない。歴史的事実があれば歴史はおのずから生まれるように考える。ところが、実際には事件や事実があっても、それだけでは歴史にはならない。歴史が出現するには、歴史家が存在しなければならないという問題を避けて通るために、歴史にまつわるもろもろの誤解がおこる。

これは別に面倒な思考を要する問題ではない。事象は太古からあるのに、いわゆる歴史が比較的新しい時代まであらわれないのに注目すれば、すぐわかる。ところが、ひとつしか歴史を知らされていないうちは、この自明の理を往々にして見落とす。歴史の勉強には、いくつかの史書を並列、共観することが必要である。

学生として英文学史の講義を受けたあと、いくつかの英文学史を参考のために読んでみて、おどろいた。各書とも多少どころか、かなり大きく異なっているのである。そんなことは当たり前で、同じようなものなら、いくつもの英文学史が書かれる必要もないのだが、はじめは、それをひどく不思議に思い、やがて、おもしろいと感じるようになった。なぜ異同があるのか。

そして、ようやく、歴史は存在するものではなく、歴史家によって創出されるものだという点に気づかされた。歴史の背後にはかならず、史観がある。史観とは歴史家が史実を取捨選択するときの価値基準にほかならない。トーリーの史観がウィッグの史観と違うのは当たり前だろうし、カトリックの見方がプロテスタントの見方と異なるところがないとすれば、そのほうがむしろ不自然である。

それからさらに別の興味が派生してくる。文学史は作品が生まれた年代によるべきか、それとも、その作品が文学と感じられるようになった時点に属するとすべきか、の問題である。近代の文学については、こういうことが注意される場合はすくなくないけれども、もともと、表現というものは書かれた文書で、そのままただちに文学となるとは限らない。文学であると認定、鑑賞する人がいてはじめて文学になる。史実があってもそれが歴史になるのではなく、歴史家がいてはじめて歴史になるのと同じである。

ピープスの日記は十七世紀の記録であるけれども、文学的興味で読まれるようになったのは、十九世紀のことである。この場合、文学史は、ピープスを十七世紀の中へ入れて、日記文学の先駆と扱うだけでこと足りるのであろうか。むしろ、十九世紀文学の一問題として扱われるべきではないか。書かれて出版されると同時に文学となることのできる近代文学のほうがどちらかと言えば、特殊なものかもしれない。史記が文学になったり、書簡が文学として読まれたりする場合には、ほとんど例外なく、文書の年代と文学としての年代にずれを生じている。

英文学史でも、歴史であるかぎり、史観を必要とする。史観は文学史家にとって不可欠なばかりでなく、文学史の読者にとってもなくてはならないものであるけれども、文学史が多く教育的目的をもっているために、この点があいまいにされる。何よりも、複数の文学史を同時に比較しながら考える必要がある。そして、おのおのの差異に注目する。

そこから、〝文学史とは何か〟という意識が芽生え、その意識によって史観が問題になる、という次第になる。史実はいわば、自然で、歴史はアート（人為）である。その歴史についての考察、史観は、メタ・アートになる。われわれは、英文学史という一次的秩序にのみ目をうばわれて、その背後にあって、これを規制している英文学史観という二次的秩序には、ほんのすこししか注意してこなかった。外国文学研究にあたっては、自国文学以上に、メタ・ヒストリーに関心をもつべきであるように思われる。そして、このことは決して、とくに困難なことではない。というのも、文学史は主として、読者の視点に立っているべきものだからである（われわれが、ともすれば作者の視点に立ちやすいとすれば、それはまた、別の問題になる）。外国人研究者は、作者の立場からは遠く離れている。ところがみずからが読者であることははっきりしている。

つまり、文学史はひとつであってはいけないということである。外国人研究者の立場からの横軸の文学史ともいうべきものが試みられてよいように考えられる。それには、史観と同時に比較文化観が必要になる。

時間と空間

文学作品の評価には、時間が思いもかけないほどの大きなはたらきをするものである。このことは文学史をすこし考えたことのあるものなら、だれでも知っているであろう。

発表当時さんざんの酷評を受けた作品がある。それが、作者の自信作であればあるほど、作者の受ける衝撃は大きく、ために命を縮めたのではないか、と言われるような場合すらある。それが、五十年もすると、手のひらを返したように、りっぱな古典になっているのである。

そうかと思うと、当初は、サクサクたる好評で迎えられた作品が、二十年もすると、名すら記憶する人がすくなくなる、ということが、いくらでもある。

どうも、新しいものは、新しいために、よくわからないらしい。また、見なれたものは、親しみやすいために、そこにひそんでいる欠点を見のがしやすいのであろうか。近くにいてはかえってよく見えないのが、人間の目である。心の目も、同じ習性をもっているのに違いない。

それだからこそ、東洋の詩人は、知己を百年の後に俟つ、とのべて、心なき同時代人の判断を拒んだ。文学史家は、記述が現代に近づいたところで、時の試練を経ていない作品について語るのは危険であるということばを吐かずにはいられないのである。古い時代の文学については裁断ができるのに、よくわかっているはずの同時代文学がなぜ、われわれの判断を誤らしめるのか。これを不審と思うのは、時のおそろしいばかりの創造作用を知らないからにほかならない。

作品は作者が創るが、それを古典にするのは時である。作者の手によって、古典として生み出された作品はない。これは文学史のパラドックスである。時は古典をつくり上げるかと思うと、作品を湮滅におとしいれる。作品を亡失させるには、かならずしも大火や焚書を要しない。時の巨大なふるいが無言の整理、加工を進める。このスクリーニングをまぬがれるものはない。それは文学作品に限らない、人事も事件もみなそうである。

もとのままで古典になるのなら、文学史家が、時の試練を怖れなくていいわけで、古典としてもつ作品の意味は多少とも、作者のもともとの意図とは違った部分をもつ。だからこそ、予測ができないのである。古典とは、時によって発見された作品の新しい世界を含んでいる。

逆に言うならば、時による加工にたえるだけの弾力性がないと、古典になりにくいかもしれない。誤解につよく耐える作品のみが、時のはげしい試練をくぐり抜ける。喜劇作品が、悲劇作品に比べて、古典たり難いのは、笑いのもつ時代的、社会的潔癖性のせいであろう。近いところでは有効であっても、すこし離れたところでは、わからなくなることが多いのが笑いの特性である。古今を通じて変わらない悲劇性との差ははっきりしている。このことは、悲劇のほうが喜劇よりも芸術的にすぐれているか、どうか、という問題とは、別である。

いずれにしても、文学史の泣きどころは、かんじんな目前、同時代の作品に対して、最終的判断を下すことができない、及び腰になって、後世という時の顔色をうかがわなくてはならない点にある。いまのところ、同時代批判の権威を高めるのに、有効な方法はひとつもないと言ってよい。

文学史は時の変容については語ってくれるけれども、空間による変化に関してはほぼ完全に黙したままである。しかし、実際には、文学作品は国境を越えにくい。越えたと思うと、大きな解釈上の違いを見せるのが普通である。国境のほかにも、変化をおこす空間の境界はある。いちじるしく異なった考えをもったグループの中へ入ると、作品はまったく別の見方をされるのはしばしばおこることだ。Aが傑作だと言っている作品が、Bに、箸にも棒にもかからないように言われるのも珍しくない。

空間をかりに、インサイダーとアウトサイダーに分けて考えると、作者、そのまわり、自国人などが、インサイダーである。読者、作者とは異質なグループ、外国人などはアウトサイダーになる。インサイダーの評価とアウトサイダーのそれとは、多少とも相違していて当然である。それは、作者の意図がそのまま古典の意味とならないのに似ている。アウトサイダーがインサイダーの見方と完全に合致することは、理論上も不可能である。両者はいつも食い違っているのが正常である。

外国文学の読者は、アウトサイダーとしても極限状況におかれている。そういう読者が、インサイダーの極限である作者の考えに合致しようとするのは、実際問題はともかく、ほとんど意味のない試みであるとしてよい。かりに、作者の意図を再現することができたとしても、文学的意義は疑問である。

時間に作品を変化させる作用があるならば、空間にも同じような力があると考えてよいであろう。後世と遠い国にいる読者とは、アウトサイダーという点では共通性をもっている。時間的アウトサイダーが古典を創り出すとすれば、空間的アウトサイダーは普遍的作品像を生み出すはずである。外国文学研究におけるすぐれた業績は、このユニヴァーサリティを志向していることが多いように思われる。

もし、この普遍化の作用が古典化作用といくらかでもパラレルであることが明らかになれば、空間によって時間の先取りをすることができる。

日本語の印刷

つい先日、ある大手印刷会社の社長さんと話をする機会があった。いまワードプロセッサーによって、印刷業界ははげしく変貌しつつあるらしいが、そういうことはわれわれには、直接にはかかわりがすくない。しいて言えば、活版刷りがへって、電算写植、オフセット印刷がふえるのは、すこし残念な気がする。

印刷というのは、インクのあとも鮮やかに紙にくい入っているようでないと迫力がない。われわれ昔風の人間は、それでこそ読む気をおこす。オフセットでは半分寝ぼけているようで、はなはだ頼りがないが、活版がなくなるとなれば、しかたがない。こういうのは半分はナレだから、そのうちに気にならなくなるだろう。現に若い世代にはまったく抵抗がないようである。

ワードプロセッサーと電算写植で印刷が変わるのなら、活字の字体をなんとかしてもらえないものか、という注文をそのとき出した。いまの活字はあまりにも、目の生理学にさからっている。いくらナレているからと言って、放っておくという手はあるまい。これまで活字を変えるというのはたいへん困難であった。活字を一式入れかえるのは莫大な費用を要することで、思いつきなどの立ち入る余地はなかった。

写植なら、それを考えることができる。印刷の世界も経済的効率のことばかり追求するのではなく、美しく、読みやすい印刷物をつくるほうへも努力してほしい。

いまから二十年あまり前のことである。日本語は寝させてはいけない、横書き横読みは日本の文字の本質にさからうものであるということに気づいた。そのころ、毎月、横読みのゲラの校正をしていて、どうしてこんなに目が疲れるのか、と考えたあげくの発見である。

行間のつまった横組みの校正をしていると、つい次の行、つまり下の行へ目がすべる。われわれの編集部では、行にそってモノサシをあてたり、紙をそえたりして、このすべり落ちを防いでいた。思うに、真横に視線を走らせているのではなく、包丁でものを刻むときのように、上から下へ、上から下へと見ながら横に進む。それだから、うっかりしていると、そのまま下へ流れてしまう。

これでは目の疲れないほうがおかしい。ときに縦組みのゲラの校正をすると、胸がすっとするのである。横組みの校正でなぜ、包丁で刻むような読み方をするのか。それを考えていて、おもしろいことに気がついた。

漢字は横線が発達している。アルファベットで縦線が発達しているのと対照的である。なぜか。漢字は縦に読まれることを前提としているのに対して、ヨーロッパの文字は横から読まれるようになっている。読むには、視線の方向と直角に交わる線がもっとも有効である。漢字の横線、アルファベットの縦線がこれに当たる。それぞれが発達しているのは自然の合理主義だ。

これを端的に示しているのが数字で、日本では一、二、三だが、ローマ数字はⅠ，Ⅱ，Ⅲである。視線と直角に交わる線のみで、基本数を示している。和数字を横から見ると、並行線だから、目に充分な刺激を与えない。見づらく、読みにくくなる。ローマ数字を縦にしても同じことがおこる。

数字だけではない。nとmなどは縦線のみで区別される。欧文を見ると、行の中央部はほとんど縦の線ばかりである。細長い窓をこしらえた紙片で行の中心部を見ると、横の線はほとんど目に入らない。

それに比べると、漢字は、さほど明確ではないが、それでも、横線主軸であることは、たとえば、日月目旦、木本未末、鳥烏などをとってみてもすぐ納得される。文字は任意にできたもののように思われるが、かなりこまかい計算の上に立っていて、決してでたらめではない。漢字は縦書き縦読みを前提とした文字である。

その性格を無視して、これを横にしてしまったのは、たいへんな乱暴と言ってよい。文化の破壊である。立っていなくてはならないものを勝手に寝させて、無事であるわけがない。目に負担がかかる。疲れれば、悪くなりやすいはずだ。

日本の活字が、正方形、つまり全角であることがあだになったと考えられる。正方形のものなら、立てても横にしても同じこと、縦組みも横組みも同じ活字が使える。欧文活字は、一本一本、幅が違う。mが全角（英語で全角のことをemと呼ぶ）、その半分がnで半角（同じくen）、さらにその半分がiであるという具合で、とうてい縦組みをするわけにはいかなくなっている。

日本活字は、タテヨコ自由自在であるために、目に思わぬツケが廻ってきた。そろそろこれを何とかしなくてはいけない。かといっていまとなって、横組み印刷をへらすことは不可能である。なにしろ、公文書をはじめ官庁の書類は横書き、横組みにすべしという訓令がある。（例外は官報で、どういうわけかこればかりは縦組みを守っている。）

せめて横組み用には、もうすこし合理的な活字デザインを考案しなければならない。いまの活字は横の線が細い。横線が多いから、太くはしにくいのであろう。縦に読んでいても、目の負担は大きいと想像されるが、横から読んでも見づらい。なんとか、横線を目立つようにし、かつ縦線もはっきりするようにしたい。

それに、いまの仮名活字の濁点、半濁点がはなはだ見にくい。これも改良を加える必要がある。活字印刷はヨーロッパのものを見よう見まねで始めたのが、そのまま、定着してしまった。ワードプロセッサーの開発を機に、日本に合った印刷の発達を期待する。

パブリック・スクール

母校の中学校はかつて、「東海のイートン」と呼ばれたことがあったらしい。というのは、われわれが在学したころは、もう昔話になっていたからである。(学校は東海地方にあったが、この東海は東海道といった狭い意味ではなく、日本をさしていたようで、啄木の「東海の小島の磯の……」を思い合わせる。)

あるとき、学校に事件がおこって、校長が、「東海のイートンと言われた本校が……」という訓辞をしたが、生徒はそれがどういうことか、よくわからなかった。ただ、英語の先生が、何でもイギリスのたいへんな名門校だ、とひとこと教えてくれただけである。

田舎のこどもはこういうことで静かな好奇心をもつ。だいたい、草深きところで育った人間ほど、外国にあこがれる。都会にいれば、満足させられている本能がみたされないままでいるのであろう。もしあのとき、先生が、イートン学校についてくわしい説明をされたら、ほかの忘れた、たくさんのことといっしょに、あとかたもなくなってしまっていたに違いない。ストイックであった先生に感謝してよい。

英語の勉強をするようになって、イートンがパブリック・スクールというものであることを知った。これが、アメリカでは公立学校なのに、イギリスでは私立であること、しかも伝統のある学校群であることに目を見張った。もう戦争が始まっていたけれども、これは何としてもパブリック・スクールを調べなくてはならないと思った。

すこし手がけてみて、なかなかひと筋なわでは行かないことがわかり、いよいよ興味をそそられた。しかもこれらの学校は全寮制の中等学校である。たまたま、こちらも、中学校の五年間を、寄宿舎ですごした。そのころの年齢での団体生活というものについての経験がある。イギリスの少年はどんな寮生活をしたのか、という別の興味も加わった。パブリック・スクールのことが出てきそうなものにつぎつぎ当たったが、戦争中のことでもあり、たいしたものはない。ことに日本語で書かれた資料が乏しい。ディベリウスが役に立った。

戦後になって、われわれも、ディベリウスの『イギリス』のような仕事をしておかなくてはいけないと、考えたこともあるが、パブリック・スクールひとつさえ、てこずっているような人間には、とても口に出せることではない。

パブリック・スクールを日本人に身近かなものに感じさせたのは、なんと言っても、ジェイムズ・ヒルトンの『チップス先生、さようなら』であろう。イギリスの学校小説というジャンルでも白眉の作品である。

たまたま、学生のとき、教室のテクストに選ばれて、ていねいに読む機会があった。やはり、戦争の最中のことである。そのときは、意味をとるのにせいいっぱいであったが、戦後になり、すこし知識をつけたところで、もう一度、自分で読んでみて、これは、パブリック・スクール制度の象徴ではないかと考えた。作品には、ご存知のように、それらしいところは見当たらない。きわめて具体的なストーリーになっている。

しかし、チップス先生は、ひとりの古典語の教師であると同時に、パブリック・スクール全体の象徴として読むことができる。年若い妻のキャサリンは、「新しい女性」を代表する。チップスの女性観とは正反対の存在で、二人はとうてい理解し合えないはずだった。ところが、ふとしたはずみで、知り合うと、互いの美点を認め合って、結婚する。この新と旧の結合について、「きわめて賢明な合金」であったとある。

このコンプロマイズが、パブリック・スクールを育んできたイギリスの保守主義である。こうして見ると、作品の中でも、チップス＝パブリック・スクールを成立させる手がかりは、ちゃんと用意されていることに気づくのである。

のち、一九五〇年代になって、〝怒れる若もの〟が登場し、われわれの目をひいた。かれらの攻撃目標はエスタブリシメントに向けられたが、これに支配階級、体制という意味のあることを、多くの日本人ははじめて知った。もちろん、パブリック・スクールは、そのエスタブリシメントの有力な部分をなしている。そのころから、パブリック・スクールの影がうすくなってきたように思われる。すくなくとも、われわれから見てそうであった。

日本では、ろくにエスタブリシメントのことも研究しないでおいて、エスタブリシメントがいけないのだという考えが渡来すると、さっそくそれにとびついた。やはり、ディベリウス流の仕事を、戦後の早い時期にしておくべきであった。

昭和三十年代の中ごろから、海外で働く日本人が急増した。それが日本の現在を築きあげる原動力になったことは疑いの余地がない。家族をつれて行く。日本へ帰ってきたこどもは、英語でケンカができるかわりに、日本語がからきしできない。昭和四十年代後半になると、これはもはや放置できない社会問題となって。帰国子女教育ということばと実体が生まれた。

昭和三十年代の中ごろに、私は、日本もイギリスにならって全寮制の学校をつくらないといけないと主張したことがあるが、もちろん産業界の人たちの耳にとどくはずもなかった。イギリスは十九世紀にいちはやく帰国子弟の問題を回避することに成功していたのである。

ピーピング・トム

われわれは駅や通りで吹きざらしの公衆電話をかけるのを何とも思わない。となりは何をする人ぞ。同じように大声で、何やらわめいている。ときには深刻な用件だって話していないとは限らないが、他人にきかれているという心配はほとんどないのではあるまいか。知り合いではまずいが、知らない人なら、きかれても気が楽だと思っている。

日本へ来ているヨーロッパの人が、プライバシーはだいじょうぶか、と不安になるらしい。平気でかけている日本人の気がしれない、とも言う。

プライバシーの感覚に彼我、相違があるのであろう。ドアをしめてしまえば、中のことは見えない。何が話されているかもきこえない。そういう構造の家屋で生活していれば、関係のない人に、見られたり、きかれたりすることに対する警戒の心がつよくなって当然である。われわれのように、唐紙と障子で仕切られた部屋に住みなれてきた人間は、そんなことをいちいち気にかけていてはとても生きてはいかれない。ハダカの赤電話で話すくらいのことは朝飯前である。

イーヴズドロッピング（eavesdropping）ということばをはじめて知ったとき、なるほど、日本人とは違ったプライバシーがあるのだと感じた。同じことは、また、例のゴダイヴァ伝説におけるピーピング・トムにも言える。のぞきが、つよいタブーになっている社会でないと、あの伝説もあれほど流布しなかったであろう。

個室のプライバシーがしっかりしているだけに、それを侵す、立ち聞きやのぞき見は、いけないことになる。あえて飛躍した言い方をするならば、近代ヨーロッパの文芸は、このタブーへの挑戦を源泉にしていたと言える。

実生活においてきびしく禁じられているだけに、芸術の次元において許されるイーヴズドロッピングやピーピングのくりひろげて見せてくれる世界は、魅惑的なものになる。このことは、当然、文学作品の構造にも反映しているはずである。

言語の常識では、ことばは、話者（S）と聴者（H）とがあれば成立する。イーヴズドロッピング、ピーピングの聴き手は、そういう第二人称のHではない。S→Hをもうひとつ外側において、オーバーヒアしている、話者から予期されない聴者H_2である。もちろん、このH_2をHに含めて考えることもできるが、話相手と立ち聞きする人間とを同じカテゴリーに押しこめるのは、いささか荒っぽい。

イーヴズドロッパー、ピーパーは、第二の聴者であって、その理解しているものは、通常の

Hとは質的にも異なっていると考えられる。文学表現のおもしろさが、しばしば、このH_2で得られる効果であることは見のがすことができない。

演劇も、シェイクスピアなどにおいては、まだ戸外のシーンが多かった。このことはすでに、のべた通りである。ところが、近代劇になるにつれて、演劇の舞台は屋外から室外へ移った。やがて、室内劇が中心になる。

他人の室内のことは、ピーピング・トムといえども垣間見ることはできない。しかし、芝居のおもしろさの中核にのぞき見があるとすれば、是が非でも室内を公開する必要がある。どうしたかというと、部屋の壁の一つをとり外して、そこから、観客席の人たちが集団的にのぞき見するという様式を考え出した。

個室の伝統のはっきりしない日本の演劇には、こののぞき見形式の芝居が発達しなかったのは不思議ではない。

室内演劇をのぞき見るのが一般的になるころから、小説が読まれるようになる。イギリスではじめての小説が書簡体であったことは興味深い。手紙は信書の秘密によってまもられていて、他見は許されない。それを読者にくまなく見せてくれるのが書簡体小説である。

イーヴズドロッパー、ピーパーが喜ぶのは、書簡体小説だけではない。作中人物の心理に立ち入って語られる小説の文章そのものが、読者に代わって、のぞき見をしていることになる。

作中人物の会話がある。それは舞台上の人物のせりふのやりとりと同じで、読者は伝達の当事者ではない。SでもなくHでもない。H_2である。イーヴズドロッパーである。その第二次的コミュニケーションが、ふつうの会話とはまったく別のおもしろさを読者に与えるところを見落としてはならない。小説の読者もまた、近代演劇の観客ときわめてよく似た立場にあることがわかる。のぞき見の読者である。

S→HのHが第二人称の存在であるとすれば、のぞき見、立ち聞きの座にあるH_2は第三人称的である。近代芸術は第三人称のイーヴズドロッパー、ピーパーを軸として展開してきたとしてよかろう。そういう受け手の理解が、〝誤解〟と無縁でありえないのは言うまでもないことで、だからこそ、興味深いのである。誤解の余地のないものでおもしろいものはまずない。

外国人読者は、そのまたもうひとつ外側でイーヴズドロッピングをしている。母国語読者がイーヴズドロッパーの読者であるのはすでにのべた通りだが、外国人は、母国語読者をふくめたものをさらに、立ち聞き、のぞき見していることになる。ピーピングの妙ここにきわまれり、と言ってよい。古典文学に関しては、自国の文学でも、外国人読者に似た立場になる。

ホレーショーの哲学

第一高等学校生徒、藤村操が、日光の華厳の滝で投身自殺をしたのは、明治三十六年（一九〇三）五月二十二日のことである。疾風怒濤の明治三十年代をいろどるいたましい事件であった。藤村は自殺に先立ち、かたわらの大樹をけずり、そこへ人生不可解の悩みを告白する「巌頭之感」を記した。これが世にひろく喧伝されて、いまにいたるまで、なお有名である。すなわち、

悠々たる哉天壌、遼々たる哉古今、五尺の小躯を以て此大をはからんとす。ホレーショの哲学竟に何等のオーソレチーを価するものぞ、萬有の真相は唯一言にして悉す、曰く「不可解」。我この恨を懐いて、煩悶終に死を決するに至る。既に巌頭に立つに及んで胸中何等不安無し、始めて知る、大なる悲観は大なる楽観に一致するを。

いまふうに数えれば十七歳の少年である。それで人生不可解を叫ぶことのできるのは、いかに

もよき時代であったと言えるかもしれない。やはり、明治は遠くなった。

ここで問題にしたいのは、しかし、人生の煩悶ではない。ホレーショーという哲学者のことである。

哲学者ホレーショーはどこにいるのか。いろいろな人が調べてみたが、出てこない。〝オーソレチー〟と言われるくらいだから、無名の存在ということはないだろう。名だたる哲学者に該当者がないのは不思議である。

このことは、当時もいくらか論議されたが、うやむやのままにされてしまったらしい。いまこの事件を知り、厳頭の感に関心をもつ人で、このホレーショーの哲学について、はっきりしたことを知るものがすくないのは、その証拠である。故人を傷つけたくないという気持がはたらいて、せんさくを遠慮したのかもしれない。わかったことを公けにするにも控え目になったのであろうか。しかしもう八十年たっている。いまならばもはや哲学青年の美しき死を傷つけることもあるまい。

ホレーショーという哲学者は実在しなかったのである。結局、シェイクスピアの『ハムレット』の中から生まれた想像上の人物ということらしい。ことは、ことばの解釈にかかわる。一字一句が、ないがしろにできない、これはまさに典型的な例である。

『ハムレット』の第一幕第五場一六七行に、有名なせりふがある。

There are more things in heaven and earth, Horatio,
Than are dreamt of in your philosophy.

言うまでもないことだが、ホレーショーはハムレットの学友で、ウィッテンバーグの大学で哲学を学んでいる青年だが、国王の葬儀に列するために帰国した。このせりふは、ハムレットがそのホレーショーに向かって言ったものである。「ホレーショー、天地の間には、哲学などが思いも及ばないことがたくさんあるね」といったほどの意味である。

シュトルム・ウント・ドラングの時代の人は、そんな散文的な解釈を喜ばなかったに違いない。「ホレーショーよ、汝の哲学の考えも及ばさる底の神秘が…」といったふうに考えたかったであろう。「汝の哲学」という以上、ホレーショーは哲学者でなくてはならない。本当にそんな哲学者がいるのか、いないのか、だれも知らない。シェイクスピアの言ったことだからたしかであろう。ホレーショーは哲学者である、となった。

"Horatio, . . . in your philosophy." の "your" は Horatio を指す代名詞としたところから、哲学の学生が一躍にして、大哲学者に化けることになった。your とあれば Horatio のことにきまっているというのは中学生の英語である。ここの your はすこしやっかいな your であった。OEDによれば、この場合の your は、

"Used with no definite meaning, or vaguely implying 'that you know of', often expressing contempt,"

の用法である。明治の日本人が、your にこんなやっかいな意味があろうとは知るよしもなかった。おそらく、英語の教師でも知らなかったに違いない。もちろん、ＯＥＤはまだ世に出ていなかった。

明治の人たちが、いかに外国の知識に飢えていたか。この話は、それを痛いほど物語っている。戯曲のせりふの中に出てくる名前を手がかりに、哲学者をつくり上げてしまうというのは、冷静に考えてみれば笑うべきことかもしれないが、あながち笑い去ることはできない。半知半解の知識でも、欧米のものであるというだけで、価値をもつ。外来の思想は、多ければ多いほどありがたいが、それを得るのは思うにまかせない。それを補おうという心理がはたらく。ワラをもつかみたい気持でいる人たちにとって、ほんの一行のせりふからでも、りっぱに〝オーソレチー〟をもった哲学者を生み出すことはできたのである。その想像力に、むしろ、おどろくべきかもしれない。

外国が近くなったいま、日本も先進国の仲間入りをしたと言われるいま、明治の先輩たちのしたことを冷笑することはできない。いまだに、われわれのまわりでは、ありもしない外国の思想に一喜一憂したり、よくわからない外国の事件について、したり顔に解説して自らまどい、世人をまどわしている例が決してなくなったわけではないからである。ホレーショーの哲学の悲劇は続いている。

明治は、決して遠くなっていない。

Ⅲ

漱石のたおやめぶり

論文紹介のおこなわれている会合で、評者が「それに、これは日本語がうまく書けていません」とひとこと付け加えた。いっしょに聞いていた仲間と、あとで、お互いに日本語がうまく書けているだろうかという話になって、残念ながら、どうすればすぐれた散文が生まれるのかわかっていないようだ、という心細い結論に落着いた。以下は、そのあとを、ひとりで考えたエピローグである。

うまい日本語の文章というからには、標準文体というものがあるはずだが、われわれは現代散文体についての合意もなしに、文章の巧拙、良否をことあげしている。混乱するのは当たり前である。

スタイルは言語の成熟によって可能になる。新しい要素が大きく加わったあとしばらくは、文体への収斂はおこりようがない。まず問題となるのは、何を言っているのか、思想と論理で、それを追うのに多忙である。外来の思想や論理は何とかとらえたように考えるけれども、それだって決して正しくは伝わらなかったのだと思われるが、いまはその点に深入りすることを避ける。思想にこだわっている間、ことばに対する関心は、比喩的に言えば、男性的である。こまかい感情のひだに入っていくようなことは、どうしても軽んじられがちになる。

古くは、中国大陸から漢字漢文を受け入れた。これも、さきの言い方をするならば、男性的受容であったと考えられる。仮名書きの文章が生まれるに及んで、平安期の女流文学の開花を見ることができた。これは比喩でなく女性的である。紀貫之のように男性でありながら、わざわざ女性の仮面をつけて『土佐日記』を書いたというのは、仮名による散文が当時すでに比喩的にも女性的であったことを物語っている。平安朝の偉大なところは、男性的と女性的、両方の文体が共存しえたことである。しかし、それは昔、昔のことだ。

いまの日本人を苦しめているのは、新しい文体の問題である。明治以後に入ってきた西欧語の要素がなお充分にそしゃくされていないで、もとの男性的性格をあらわにしたままである。考えたこと、感じたことを、ごく自然に書くのに、ときとして想像を絶する苦労がともなう。それを別に不思議と思わなくなってしまっているというのも困ったことであるけれども、百年という歴史はそれくらい短くてかつ長いということであろう。

明治の人たちが、欧米の先進文明と文化に触れてつよい衝撃を受けたのは当然で、自己を見失った人たちには、在来のものはすべて超克されるべき古いものと見なされ、舶来のものは、それだけで価値をもっていた。

モノの次元はまだ始末がいいが、ことばでは、ことは、それほど簡単ではない。そこで生まれたのが男性的文体である。外来文化、外来語を、ひとまず漢字、漢語というそれまでの外来要素で処理した。仮名ではどうにもならないという言語的制約のあったことも事実である。

明治、ことに初期の文学者は、おしなべて男性的性格が濃厚である。もっとも女性的な和歌においても、「ますらおぶり」が声を大にして叫ばれた。俳句における子規も、ますらおぶり、土井晩翠の詩に至ってはまさに、ますらおぶりそのものであった。明治はおしなべて、このますらおぶりの時代である。

そこでやっと漱石のことになるのだが、こういう時代に生まれあわせたということが、漱石の文学を否応なしにますらおぶりにした。われわれがいだく漱石のイメジは、いかにも男性的である。

しかし、われわれはそういう表面のイメジに欺かれていたのではないか。明治以後のことばの歴史を考えていて、ふと、そういう思いが頭をよぎった。漱石の中には、案外、たおやめぶりのところがひそんでいるのではなかろうか。

外来語的、漢学的なところの裂け目に、在来的な、和文的な感覚が顔をのぞかせているような気がする。それが、漱石独特の魅力の源になっているのではあるまいか。外来的言語の性格をますらおぶり、伝統的言語感覚をたおやめぶりと考えるならば、漱石は、ますらおぶりだけの文学者でなかったことに注目したい。

意識していたかどうか、もちろん知るよしもないが、漱石は、二つの要素を調和、融合させようとしていたように思われる。そのために、『文学論』においてのべられている、東洋の文学と西洋の文学とが違うという二元論に苦しまなくてはならなかったのである。

唐突な言い方になるが、漱石は平安期における紀貫之のような立場にあったのかもしれない。そこを経て、ようやく、ときの散文が文学的表現の手段となりえた。漱石が貫之のようにただちに散文文体確立に成功しなかったのは、歴史の偶然としか考えようがない。

漱石によって近代小説がおもしろいものであることを立証した。ますらおぶりの文体では、いかに子規の文才をもってしても小説にはならない。たおやめぶりの文体を発見したのは、漱石の天才である。あのおしゃべり文体、ジェーン・オースティンへの傾倒、心理学への早い着目などいずれも、たおやめぶりを裏づける。漱石はＶ・ウルフのいう、男女両性具現、アンドロジナスな文学者であったのだ。

書き方

お年寄りの話をきいているとイライラするという若い人がすくなくない。むやみと前置きが長くて、いつまでたっても要点がはっきりしない。要するに、なにがどうしたのか、早くそれを言ってくれ、と若ものがせっつくと、相手はすこしも騒がず、そんなことを言われたって順を追って話さなくては、こちらがわからなくなってしまう、とやりかえす。

お年寄りの話は全部をきくとわかるようになっている。それが若い人にはがまんができない。はじめに、見当がつくようにしてほしい。おもしろそうでなければ、あとは失礼したい、と考えるのである。

はじめに大切なこと、要点をのべて、手の内をあかす話し方を前方重心型と呼ぶならば、なるべくあとのほうまで、重要なこと、おもしろいことはお預けにし、相手の気をひいてひっぱっていく話し方は後方重心型と言ってよい。

忙しい人、急ぐときには、前方重心型の表現が適するし、ゆっくりハナシを楽しむには、はじめから結論がわかっていてはミもフタもない。後方重心型のほうがおもしろい。落語はそういう話し方の精髄である。マクラをきいただけでは、どういう筋になるのか、見当もつかない。

ごく大ざっぱな言い方をするなら、もちろん例外はいくらもあるが、英語は日本語に比べて前方重心型である。▽のような構造をしている。日本語は、すべて落語のようではないにしても、△型である。われわれの国でのヨーロッパ語理解は、△型の意識をもった人間が、▽型の表現に触れるときにおこす挫折感を、多少ともともなっている。日本人が、したがって、あるいは、日本語は非論理的ではないか、などと勝手に恐縮した人間がすくなくなかったのは、そのフラストレーションの言わせたせりふである。

話し方の二つの型は、当然、書き方にもあてはまる。▽型は欧米語、△型は日本語的と、たとえ乱暴であっても、そう割切っていられるうちは、幸福であった。

近年、同じ日本語の中でも、これまでの△型表現に対して、はっきり▽型でなくてはいけないという主張が見られるようになってきた。自然科学関係者の間で、静かな、しかしはっきりした動きが見られる。

理科系の論文などを書くときに、これまでの日本的発想、△型の表現ではいけないという声があがったのは、一九六六年である。日本人からではなく、A・J・レゲット（Leggett）というイギリスの物理学者であった。彼の書いた「科学英語の書き方についてのノート――日本の物理学者のために」というエッセイ（英文）がきっかけになった。

レゲットは日本語にたんのうで、京大で出している理論物理学の英文雑誌への投稿論文の英文校閲をしていて、日本人と日本語の△的表現形式が科学的論文に適しないことに気づいたようである。

右にあげたエッセイは、物理学界だけでなく、広く日本の自然科学関係者の間に衝撃を与えた。それから二十年以上たったいま、ここでいう▽型表現の必要は、かなりよく理解されるようになっている。

たとえば、レゲットは、日本の物理学者の書く論文には、「であろう」という言い方がよく出てくるが、これは英語には訳すことができない、科学者なら「である」とすべきである、と言うのである。

われわれ日本人は、かなり自信があっても、「である」と断定するのをはばかる気持をもっている。できれば、「であろう」とふくみを残し、あるいはぼかしたいと考える。

いや、レゲットの言う通りだ、科学論文は、大切なことから、明確に書くべきであると賛同する日本の科学者もすくなくないが、そういう人たちでさえ、ほんとうは、「であろう」「と考えられる」と、読者に裁量の余地を留保しておきたいという気持がつよいと告白するのである。科学者にも、なお、日本的発想と感性は、それほどふかく根をおろしている。

レゲット以来、理科系の人たちは△型の表現の必要を認めて、それを実践しようとしている。ところが、大多数の日本人は相も変わらず、△型のことばでものを言い、書く。いまの日本には△と▽の両方の書き方があるのに、人びとはその差のあることにも気づかずにいる。

これは社会としてもあまり感心したことではない。言語教育においても、これまではなんとなく△型にもとづいて指導がおこなわれてきた。もしこれからの日本で▽型の表現がいよいよ必要になるようなら、早い段階で二つの書き方を教えなくてはならないのではないか。

いますぐ、日本語を▽型一本にしぼろうとするのは現実的ではない。▽型表現でなくてはいけないとする自然科学者ですら、ふくみは残したいという本音を洩らすほどである。一朝一夕に基本の変わるはずもない。

しかし、▽型表現は何も自然科学者専用というわけではない。お互い毎日読んでいる新聞記事の書き方も大体において▽型である。もっとも多少は、そうでないところもまじっているが、それだからこそ、かえって新聞の文章は、これからの日本の▽と△型の二つの書き方の仲をとりもつことができるかもしれない。

機械翻訳

機械翻訳の実用機があらわれた、という。いつできるかと待望されていたものである。これを報じた朝日新聞によると、商品化に成功したのは、東京新宿にある会社。一九八四年六月一日からまず日本語を英訳するシステムが発売されるという。英語を和訳するのも秋には商品になる、という。ほかのメーカーも近く発表にふみきり、これを追うらしく、にわかに自動翻訳が脚光を浴びることになった。

この機械は、一時間に三千語の英語に翻訳できる。これは日本の新聞一ページ分を約二時間で英訳する速度だから、たいへんなものである。すでにアメリカや国内の有力企業から百四十台の引き合いが来ているそうだ。

このシステム、いまのところ確率は八五〜九〇パーセントで、まだ、完全ではないが、日本語と英語のように、まったく異質な文法をもつ言語間のコンピュータ処理としては、画期的であるといってよい。

手続きは、コンピュータによって原文の①文章を単語ごとに区分、②品詞を区別、③品詞の並ぶ順序から文章のパタンを決定、④これを英文に置きかえる、となっている。もしこれが可能なら③のパタンは今後、日本語理解に新しい手掛りを与えそうである。

また、日本語は文末の動詞に重要な意味がこめられている点に注目して、センテンスを六つの要素に区分した上で意味の解析を行なったことも注目される。こういう日本語の処理が行なわれなければ、さすがのコンピュータにも手が出なかったであろう。これまで日英語間の機械翻訳が意外に手間どっていたのも、日本語をどうしたらコンピュータになじむように解析できるかが解決しなかったからである。

機械翻訳によって、日本語の特性が別の角度から浮き彫りにされることになった。それについては国語学者たちはごく例外的にしか関心を示さず、これまでは想像もされなかった電子工学系の技術者による日本語研究が、目ざましい進歩を見せた。

今後、機械翻訳が発達すれば、日本語の文法に新しい考えが導入されるようになるのは必至である。

もうひとつ機械翻訳がはっきりさせてくれたのは、何のかのと言われはするものの、人間の頭はたいしたものであるということである。驚異的な情報処理能力をもつ最近のコンピュータをもってしても、トランスレーションはなおこれだけの歳月を要したのである。外国語の学習、修得ということが、ことに日本人にとって、いかに困難なものであるかは、コンピュータが傍証してくれたようなものである。数学の計算などに比べて、どれだけ複雑であるか、わからない。

機械翻訳で思い出すのは、通産省電気試験所での試みである。あれはたしか昭和三十年代のはじめであったと思う。電気試験所のコンピュータが英語の日本語訳に一部成功したというので、新聞でニュースになったことがある。

そのコンピュータには Yamato というニックネームがついていて、中学校の英語のリーダー巻一の中ごろまでを訳すことができた。ところが Yamato は多分、関係代名詞がよくのみ込めなかったのであろう。そこから先へは動けなくなってしまった。それを進ませるには英語の先生方の助言がほしい。試験所の幹部から依頼があったので、そのころ、『英語青年』の編集部にいた私は、十数人の英語学者を案内して、Yamato を見学に行ったことがある。

そのころの英語学の研究者にとって、機械翻訳はいくらか現実的でない問題であったらしく、研究上の協力体制はできないままで終わったけれども、ただ案内をつとめただけの人間のほうは興味をもった。

ときの電気試験所の研究陣は、英語の文法の解明によって Yamato はふたたび前進すると考えたらしいが、本当は、日本語の研究が必要だったのである。私が日本語の性格に関心をもつようになったきっかけは、いまにして思うと、このときのかりそめのコンピュータとの縁であったような気がする。

電気試験所のほかに、京都大学、九州大学などでも機械翻訳は研究されていたが、結局はメーカーの手によって実用のめどがつきそうだということを聞くと、いろいろなことを考えさせられる。

ところで、外国語の学習に批判的な人は、よく、みんなが外国語をやらなくても、翻訳したものを読めばいい、と言ったものである。その翻訳をするには人間がたくさん必要だから、ある程度の学習者はやむをえないとも言う。

もし、いよいよ機械が翻訳してくれるようになれば、長い時間とたいへんな苦労をして、しかも不完全な能力しか身につかない語学など、よしてしまえという人があらわれかねない。

しかし、機械翻訳ですべてのことばが訳せるわけではない。こんど商品化されようとしているシステムにしても「微妙な表現」を扱うことはできない、とある。

人間のことばはもともと微妙なもので、それを除外したことばは、あまり人間的ではない。コンピュータが機械的な部分を受け持ってくれるのなら、人間はこれまで以上に、人間的な言語に集中することができる。

アイロニー

キャンパスの中をぼんやり歩いていると、向こうからやってくる淑女がにこやかにあいさつする。さて、こんな人に知り合いはないが、なにしろうっかりものである、知らないように思っていても、案外、義理のある人なのかもしれない。だいたい教師には、向こうには知られていてこちらは名前も顔も見当のつかない人間が、たくさんあるものだ。

知らん顔をして、傲岸なおやじだと思われるのはおもしろくない。とにかく、あいさつを返しておくにかぎる。にこやか夫人はあい変わらずにこやかに、こちらの返礼をうながしている、親しいじゃありませんか、ということを示そうとしているのかもしれない。

近づいてきてよく見るに（度の合わないメガネで見る世の中は、いつも適当にかすみがかっている）、夫人の視線がすこしずれているようだ。しかし、麗人だってやぶにらみがないとは言えないし、などと考えていると、うしろで声をあげたものがある。ふり返ってみると、ここにもにこやか夫人がいて、さきのにこやかさんと会い、つい叫びをあげたものらしい。

はじめのにこやか夫人は、さぞ気味悪がったことであろう。それを思うといたたまれないが、まさか逃げ出すこともできないまま、足を早めて、その場からなるべく遠ざかるようにつとめた。二人のにこやか夫人は歩み寄って久闊を叙しているようであった。

これは別の日、別のところ。車の往き来のはげしい通りをへだてて、向こう側を歩いている親子が目につく。こどものほうが手をあげて何やら合図をする。やがて母親も手をあげた。このごろこどもに縁のふかい仕事をさせられているので、かつてだったら見すごすようなことでも注意をひかれる。

この親子もこちらを知っているのであろう。まん中を車が走っているから、あいさつ代わりに手をあげたのだと解釈する。こども心を傷つけてはいけない。されたあいさつは返すことにしている。こちも手を高々とあげてこれに応えた。

ところが、母子の様子が正常ではない。もう手をおろさなくてはいけないところへ来ても、まだふり続けているではないか。ひょっとするとこちらの勘違いかと思い始めて、半ばふり返るようにして二人を見るとタクシーが止まって、それに乗り込もうとしているところであった。

タクシーを止めようとしていたのを、こちらが過剰反応をしてしまったのである。苦笑いしながら、しかし、こういう失敗もまたおもしろいと考えたりした。

自分のことを言われたのではない諷刺やあてこすりを、自分が槍玉にあがったのだと思い込むのは容易である。本を読んでいて、共鳴すると、まるで自分の気持を代弁してくれているように感じるが、筆者はひょっとすると別のことを念頭においているのかもしれない。われわれはそれをわが身に引き寄せて解するようになっている。それでないと、ことばは宙に浮いてしまい、伝達の実をあげることができないであろう。

われわれの国では、よく詩歌におのれの心情を托する。自作の歌や句で心をのべるなら当たり前であるけれども、違った状況でできた他人の作品に托する場合もすくなくない。自分の気持にぴったりであると考えてのことであろうが、もともとはまるで別のことをのべたものかもしれない。それを勝手にわが身に引きつけて共鳴する。

こういうときの誤解は避けることができない。そして、この誤解は人間にとって無害であるばかりか、おもしろいものですらある。

あるとき、言語伝達は話者（スピーカー）と聴者（ヒアラー）とで成立するということに疑問をもった。第三者のいるときをどうしてくれるのかと思ったのである。

その第三者とは、前にものべたが、このスピーカーとヒアラーのやりとりを立ち聞きしているイーヴズドロッパーである。話者の予想していない聴者ではあるが、このほうが当面の聴者以上にことばのおもしろさを感じることができるようである。だからこそ、古来、立ち聞き、のぞき見のイーヴズドロッピングが不徳として禁じられてきたのであろう。

文芸の享受者は、そういう道徳上の非難を受けることなく、イーヴズドロッピングをたのしむことができる。密室の中で起こっている葛藤は、当事者でなくてはうかがい知ることができないはずである。それを伝える作者の超人的視点によって、読者は、のぞき、盗み聴くことができる。盗んだ酒は、盗んだものであるという事情によって、つねに実際以上に美味ときまっている。

四つの壁のひとつを外してそこから観客が見ている近代劇の舞台は、さしずめ集団的イーヴズドロッピングである。さらに、例のステージ・アイロニーなるものがある。これはイーヴズドロッピングを逆手にとっている。

文学者の書簡がときとして作品以上におもしろく読まれるのも、当事者の迷惑ということとは別に、アイロニーの興味といえよう。書簡体小説があらわれるわけである。

「曖昧」の発見

文学とは何か、という問題は、文科の学生ならたいてい一度はぶつかるものらしい。

戦争がはげしくなった昭和十九年、英文科の学生になって、しきりに文学の本質にこだわった。敵国のことばを勉強している不安が、いつも心のどこかにあったのかもしれない。そういえば、そのころ哲学に人気があったのも、死に直面した若い精神の悩みのせいであったと言ってよかろう。

福原麟太郎先生が十分間のインタヴューを、新入学生ひとりひとりとしてくださった。そのときにも、文学とはどういうものですか、と伺ったのだから、あとあと思い出すたびに顔が赤くなる。

外国から本の入ってくる時代ではなく、研究室の本だけが頼りである。それがすこしもふえないから、新刊にせかされることもなく、ゆっくり読んでいられた。

そしてたまたま手にした一冊に、前にもふれたが、Q・D・リーヴィスの『小説と読者』があった。心の底からおもしろいという本にはじめて出会ったという思いをしたのだが、あるところの脚注に、これこれについてはI・A・リチャーズとW・エンプソンを読め、としるしてある。感心した本に書いてあることだから、さっそく、リチャーズとエンプソンにとりかかった。

どちらも、そのときは、研究室に本がそろっていたのは偶然のように思ったけれども、この両者とわれわれの大学との関係を考えれば、むしろ当然であった。リチャーズは『実践批評』をまず読み、エンプソンは『曖昧の七型』を読んだ。ただ、後者は、最後までは行かなかった。全部読んでは、とうていそこから出られないような恐怖を覚えたのである。半分くらいのところで、あえて読みさした。そして、あとは自分であれこれ考えの広がるのにまかせた。

いまでも、ときどき、ひどくおもしろい本があると、わざと読むのを中止する。そうするといっそう読みたくなるが、そこをこらえているのが何とも言えない気持である。そういうことを覚えたのは、この『曖昧の七型』によってである。

したがって、エンプソンを理解しているとはまちがっても言えない。しかし、その考え方には深く影響された。ほかの本などで、チラリと名が出るだけでも、胸がドキドキするということがかなりの間つづいた。刺戟的ということばがあるが、『曖昧の七型』はまさにそういう本であった。教えるのではなく、火をつける本である。誤解をしても、そこからなにかが生まれる。

この天才詩人批評家が、われわれの大学で教えたことがあるというのも、特別な親しみを感じさせた事情であった。研究室でも遠い存在としてではなく、知人のような感じで、エンプソンの名が口にされることもすくなくなかった。

戦後になって、アメリカからニュー・クリティシズムが紹介されてみると、その源流に、リチャーズとエンプソンがいた。それでアメリカの新批評にも親しみを感じるようになった。そのころから、わが国でもエンプソンが読まれ出す。

そして、エンプソンの文体の難解さが若い研究者の間でよく話題になった。それをきいて、ひそかに考えた。あれを晦渋だというのは当たっていない。むしろ、すぐれた悪文だと見ればいい。そう思って、自分も日本語であいう文章を書いてみたいと願ったこともある。もちろん成功はしなかったが、べとつかない乾いたスタイルの魅力は大きい。

曖昧のタイプが七つであろうと、六つであろうと、それはたいしたことではない。そのつもりになれば、第八、第九のタイプを考え出すのも不可能ではない。おもしろいのは、「曖昧」というものを文学的価値として発見した点にある。こういう大きな文学上の問題が、なぜ、これほど長く放っておかれたのか。これがまた興味ある点であって、われわれの国のように、曖昧のかたまりのような短詩型文学の長い伝統をもっているところから見ると、いかにも不思議である。

それだけにエンプソンは、われわれの感情移入を誘いやすい面をもっている。日本の俳人や歌人にエンプソンがあまり知られていないのは、すぐれた訳書が出ていることを思うと、いっそう残念である。日本における曖昧の近代的研究はなお、ほとんど手つかずになっている。

一般には、アメリカのニュー・クリティシズムとの関係で注目されたエンプソンである。新批評が曲がり角にさしかかった、過去のものになったといわれるようになると、エンプソンの名をきくこともすくなくなった。ニュー・クリティシズムとの縁はエンプソンにとって決して幸福なものではない。いずれ近い将来において、その独自の批評の世界が見なおされるようになる日がくるのではないかと思われる。

その場合でも、リチャーズとの関係はむしろ強化して考えられるべきではなかろうか。近年、欧米において、読者現象論的考察が活発であるが、リチャーズもエンプソンも、そしてQ・D・リーヴィスも、それぞれの立場において、読者の問題に早くから関心を示している。

この三人がそろってケインブリッジ出身であるのは偶然ではない。

著作権

戦後、アメリカが来て、版権のことをうるさく言った。無断の翻訳などはいうに及ばず、長い引用などもいちいち許可がいる。そのための目付役もいたらしく、摘発されると大目玉を食った。それで著作権ノイローゼみたいになり、アメリカの新聞から一行か二行引くのに、どこへ許可を求めたらいいのか、右往左往するという話もあった。（ちなみに、散文は原文で四百語まで自由に引用してよろしい。新聞はクレジットをつければ許可不要となっていた。）

占領時代が終わると、日本人はまた著作権に無関心となってしまった。ある外国人は日本で本を出すことになったとき、出版契約に当たって、海賊版予防について適切な措置をとるという一項を入れることを、つよく要求した。そのころある流行作家が、ひとの本を利用し、一部をそのまま用いて、版権者から抗議されると、著作権法というものをよく知らない、と言いわけした。そういう国だから、海賊版防止の保証がなくては本を出せないと言っても、あながち笑うことはできない。

日本は、著作権思想においては開発途上国なみである。先年、明治以来の著作権法を改正したときも、いろいろ抵抗があった。とくに翻訳権については、十年留保という、先進国では恥ずかしいとされる規定をあえて存続させた。当分の間、知的入超国であることを世界に宣言したのだが、そのことに関しては、ほとんど議論がなかった。

ところで、最近、ヨーロッパで、コンピュータのプログラムなど、ソフトウェアの製作権を保護する法的対応が問題になっているが、わが国では、すくなくとも一般にはまるで関心がもたれていない。モノの経済価値はわかるが、知的所有権というのがピンとこない、というのは社会の若さか。それとも異質の文化のせいか。医者へ行っても、クスリをくれ、注射をするなら金を払うが、処置を教えられる処方だけならタダでいいように思う。それで医者はいつまでだって医薬分業ができない。

イギリスはコンピュータのソフトウェア保護には、これまでの著作権法を改正して対処しようとしているようだ。イギリスのコンピュータ業界の試算では、ソフトウェアの無断使用、無断複製による損害は、年間一億五千万ポンドになるという。これは放置できないとして、ジュネーブのＷＩＰＯ（世界知的所有権機構）でも防止策を検討していると伝えられる。

新しいメディアがあらわれれば、新しい価値が生まれる。その権利保護のために新しい法が必要になる。

十八世紀のはじめ、印刷が急に普及して、定期刊行物の発刊が目立つようになった。それまでは経済的利益と結びつかなかった印刷・出版が、商業活動の中に入るようになる。

利益を守るためには法律がなくてはいけなくなって、一七一〇年にははじめての著作権法が成立する。近代の書籍文化は著作権文化であるとしてよい。われわれの国で著作権の考えがあいまいであるのは、なお、充分にヨーロッパ的に〝近代〟になり切っていないことを示す。

文芸において、独創がことごとに尊重されるようになるのも、著作権と無関係ではない。中世までのように文学上の共産主義は許されなくなり、作者は自分だけのプロットや表現を創出しないといけなくなってくる。他人と同じようなものでは、私有権を主張するのに不便である。

コンピュータのソフトウェア保護の動きをきくにつけて、三百年前の著作権法のことが思い合わされる。そして、コンピュータにもこれまでの著作権法で対応しようとしているところが注目される。もっとも、それでうまくいくかどうかは、また別の問題である。

というのも、著作権法が活字印刷の申し子であるのを忘れてはならないからである。新しい技術、機械への適応には限界がある。そのいちばんいい例が、コピーである。コピー機械の出現によって、それまでの著作権の考えは根底からゆさぶられることになったが、これに対して、いまのところ有効な手段がない。

多くの図書館がコピーのサービスを当然のように行なっているが、これが著作権法上、疑義のあることははっきりしている。西ドイツあたりでは、コピー機械を売るときに、将来の著作権使用料をこめた価格をつけるという試みをしたことがあるらしいが、これが問題の解決にならないのははっきりしている。

図書館といえば、これ自体著作権思想とはしっくりしないところをもっている。公共図書館が普及してくると、個人は本を買わなくてよくなる。図書館のある本が年間百回貸出された、あるいは、閲覧されたとすると、そのまま百冊分の売れ行き減になるとはかぎらないが、すくなくとも、原本の販売部数をへらすことはたしか。それで、イギリスの著作家協会などが中心になって、図書館は閲覧回数に応じて版権使用料を支払えという法案を議会に長年提出しているが、一向に陽の目を見ない。図書館がコピーと仲よしであるのは、偶然ではない。

著作権についてぼんやりしたことしか考えてこなかった日本で、検印制という世界で類を見ない方法を案出したことは記憶されるべきであろう。ただし、その検印もいまは昔の話。

声のあるなし

お互いに、声を出す勉強は小学校のときに早々と卒業してしまった。かつては学校のそばを歩いていると、かわいい声の斉読がきこえてきたものだが、このごろはさっぱりきかない。音読をすることがすくなくなったのであろう。

そういえば、暗誦はたしかにしなくなった。丸暗記など合理的でないという。詰め込みの典型だと勘違いしている向きもある。暗誦を命じるには教師に自信と権威が必要だが、いまの教師にはどちらも欠けている。これでは仕方がない。ふらふらした先生では、何を暗記させたらいいのか見当もつくまい。

学校の教育はおおむね沈黙の学習によっている。読めて書ければ声など問題にならない。音が点数になるのは音楽くらいである。ものをいわない教育を当然と考えて、すでに百年をこえる伝統ができてしまった。

われわれ日本人はもともと目のことばへの傾斜がつよい。漢字を用いていると、見ればわかるが、どう発音してよいかわからないことばに対して鈍感になる。知らないでもとくに苛立つこともなく、目の文字を耳のことばへ結びつけようともしない。親しい人の住んでいる所が字には書けても、読み方はわからずにいる呑気さである。ときには知人の名前の読み方がわからずに、電報をうつときになってあわてる。

駅で切符を買うときに行先の駅名がわからずにこまることもある。最近は自動販売機が多くなったから、読み方不明のまま料金図によって買える。大学出のくせに地名も読めないのか、と外国人が笑ったというのは作り話にしても当たっている。

英語の勉強では、見れども読めずではお話にならない。音読、発音に喧しいのは国語の比ではない。それでも沈黙へ向って急ぎ足で歩み、しばらくすると音声を第一義的には考えなくなる。原則としては音声、口頭練習重視となっているいまの英語教育にしても、実態は沈黙志向がはっきりしている。

文学史において、印刷の発達普及にともなって無声の文学が出現した。その代表は小説である。黙読を前提とする表現は、声にして伝えるのを予想して生まれたことばとはかなり違った美学をもっていて当然である。

われわれは〝文学〟の名のもとに、大きく性格の異なる二種の表現をひとくくりにしてきた。このことが、有声の文学にとって想像以上の打撃を与えている。

声中心の文学から黙読の文学への移行がはっきりする時期は、前にものべたように、イギリスでは一七一〇年ごろと見る。英文学の歴史はこのころを境に、二つに分かれている。分断文学史となっているのだが、それを無理に一つにしようとしている。

しかも、無声の文学にもとづく美学で、有声文学時代の作品を裁断しようとする。りっぱにアナクロニズムであるが、それがほとんど反省されないというのも不思議である。

声から遠くなった表現は、いろいろな形で自己主張、アイデンティティを求めなくてはならなくなって、まず、スタイルが注目されるようになる。それとともに、レトリックの影がうすくなる。活字の向こうに寝てはいられないというので、スタイルという形式の声を出そうとする。

さらに独創が尊重され始める。字面からして他の追随を許さぬものでなくては、自分の作品であることが主張できなくなるからである。有声の文学では何をよりもいかにが注目されるため、文学的題材は共有だった。そういう時代では剽窃が問題になる余地はすこししかない。

このように見てくれば、ロマンティシズムそのものが、沈黙の文学、印刷文学の美学の自然の帰結であったことに思い至るのである。

無声の文学はきわめて私的な世界であるが、それを不特定多数の読者に拡散させようとするところに困難がおこる。それを除去するのは芸術家みずからの手だけではあまる。そこで経済が介入する。著作権法や商業出版などはその一部にすぎない。

ものを読むときに即座に意味がわからなくてはいけないと考えるのも、沈黙の文学のもつ〝常識〟である。テクストそのものよりも、その解釈が気になる。まず頭でわかろうとするこういう知的理解は、テクストを覚えれば意味はおのずから通ずるとする有声の文学の方式とは対照的である。

声を出して読むのは、体で学ぶことである。バートランド・ラッセルが、奥さんに本を読ませ、自分はそれをきいていたという逸話は、現代においても有声の読み、耳で読む人があることを教えてくれる。ラッセルは相当の年齢になってから「耳で読む」ことを始めたのである。

こどものときに耳で読んだ例は、ジョン・ラスキンで、ごく幼いときから母とともに毎日、聖書の音読をしたという。ラッセルにしてもラスキンにしてもすぐれた文章家だった。

わが国の漢文は興味ある教授法をとった。理屈のわからないこどもに四書五経という大古典を素読させた。声のある読み方で、これがすぐれた効果をあげたからこそ、何百年も続いた。外国語の学習としても目ざましいものであったといえる。

外国語の文学でも素読に似たことができるのではないか。

語録の人

疲れて帰ってきた日など、なにも読みたくないことがすくなくないけれども、ジョンソンならつき合ってもいい。なにかおもしろいことのひとつやふたつは用意していてくれるだろう。そういう期待をもつようになったのは、年をとってきた証拠で、若いときにはいかにもとっつきにくかった。いまは温かみを感じる。

教育についてなかなか意見があったらしく、体罰をどしどし与えるべきだと考えている。ボズウェルの伝えるところでは、パブリック・スクールでムチの罰をやめてしまったのはいけない、それでは生徒は覚えたことを片端から忘れてしまう、と変な理屈をこねている。こどもを甘やかすのは反対だとも言っている。

こどもに勉強させたかったら、たたけばいい。たたくのはその場限りである。ところが、こどもの競争心をあおるようなことをすると、兄弟がにくみ合うような一生の害を招きかねない、と言っているのはおもしろい。ほかのこどもを引き合いに出しながら、叱ったり、はげましたりというのは、たいていの親がしていることだが、心に深い傷を残すことに気づいていたのはさすが。こういうところへくると、巻をおいてしばし目をつむる。

ジョンソンは、頭で覚えるのではなく、体で覚える教育を考えていたことがわかる。変に知的でないところが、さわやかである。

そういう教育観のジョンソンにとって、何をどういう順序で教えるかなど、どうでもよいことだったのは当然である。何を最初に教えるかの議論は、ズボンをはくとき、どちらの足を先に入れるかにこだわるようなものだと皮肉っている。いまの技術的教育にとらわれた人間が見たら、目をまわすだろう。

本については、興味にまかせて読むのがよい。義務として読んだものはほとんど役に立たないと言う。怠けものらしい、せりふである。T・S・エリオットが、書評がうまくいくのは、そのために読んだときではなくて、あらかじめ仕事をはなれて読んでいた本を、あとで頼まれて書評するときだ、という意味のことを言ったのを思い出させる。エリオットがジョンソンを大事にしたことは有名なこと。「ジョンソンと意見を異にするのは、つねに、危険だ」とさえ言った。〝つねに〟というのはジョンソンの口調かもしれない。

ある人に、あの本を終わりまで読み通したかときかれて、ジョンソンが、あなたは本を終わりまで読むんですか、と反問したというのは愉快である。われわれは読み終えない本ができるのを罪悪のように感じて生きているが、こういうことばを見るとホッとする。

文学批評について、たとえ自分には作ることがなくても、テーブルのできが悪ければ大工に文句を言ってかまわない。テーブルを作るのはキミの仕事ではないのだから。創作と批評の分離分化をはっきりさせている。詩人批評家の中にかぞえられるジョンソンなのに、いち早くこの点を見抜いていた。いまだに、テーブルのできばえを論じる人間に対して、文句があるなら作ってみよという大工があり、そのことばを真に受けて、どうかと思われるテーブルを作った人のあらわれる時代である。文学批評はあまり進化していないようだ。

人生については、ロンドンにあきたら人生にあきたも同然というのがあるが、わたしは田舎育ちだから、それほど都会がいいとは思えない。それより、どういう死に方をするかが問題なのではない、どう生きるかが問題だ、ということばには重みがある。健康だ。

不幸な結婚をした男が、細君に死なれると、すぐまた再婚をした。それをジョンソンは、希望が経験に勝ったのだと言ったのはおもしろい。人間とはそういうものだ、という温かい目が感じられる。

そのほか、ラウンド・ナンバーはいつも虚偽である、というようなことばに出会うと、そうだそうだ、とひざをたたきたくなる。

ジョンソンは、夜、疲れたときに読むのに適している。いやなことを忘れる。しみじみとした気分になる。ときとして、新しい勇気をかき立てられて、仕事を始めないではいられなくなることも、ないではない。

常識的のようでいて、切り口は新鮮であり、決して退屈をしないが、ただ、すこし年をとってみないと、そのあたりのところがわかりかねる。英文学の作品にはそういうものがすくなくないけれども、ジョンソンはそのゆうたるものである。

世界の古典で、聖書とか論語とか、語録で伝えられているものがいくつもある。いずれも大昔のもので、印刷が普及するにつれて、語録の影はうすくなってしまった。ボズウェルの『ジョンソン伝』は、近代におけるもっとも目ざましい語録であろう。ジョンソンの文学的業績に大きな比重を占めるこの語録について、いまの批評では正当な評価を下すことが難しいかもしれないが、そんなことはどうでもよい。

活字のことばは多く紙の上を走っているのに、語録にはことばがページの外に飛び出してくるような躍動がある。ジョンソンがすぐれた語り部であったことが、彼の存在をユニークにしているように思われる。

翻訳

「どうしてこのごろは、こんなふうに翻訳文学に人気がないのでしょうか」と、ある詩人が言った。そんなことを言われても、こちらに気のきいた返事のできるわけはないが、翻訳書が読まれなくなったことはたしかなようである。ことに、文学作品の翻訳の不振は目をおおうばかりである。

ひところ世界文学全集があちこちから競って出たことが、夢のように思われる。さらにその前には、文学青年はまず翻訳を読むときまっていた時代があった。文庫本でもモーパッサンの『女の一生』がつねに最高の売れ行きだったものである。

それがこのごろはどうであろう。新作の翻訳が出ることもまれになった。ゴンクール賞本年受賞作といったキャッチフレーズのついた新刊はかならず買ったことのある人間からすると、まさに隔世の感がある。

そんなことを考えているところでアメリカの『タイム』(一九八四年十一月十九日)が、書評ページで翻訳論を特集しているのが目についた。このごろアメリカでは日本とは違って、翻訳文学が注目されているらしい。

名手が何人もいると、翻訳家の名を何人もあげている。翻訳家といえば、三十年前に日本へ来たイギリスの大出版社の幹部が、日本にはやたらにえらい"translator"がいると皮肉を言ったのが思い出される。

そのイギリス人は、われわれのほうでは翻訳原稿は買い切りときまっているのに、日本の訳者は印税をもらっている。そして、原著者、原出版社への版権料をまけてくれと言ってくる。おかしい。それよりもいっそうおかしいのは、表紙に訳者の名前がデカデカと出ていることだ。シェイクスピアと肩を並べる文豪がいる！　そんなことも言った。

『タイム』の記事によると、一九五〇年代までは、アメリカでは訳者名が表紙に出ることはなかったが、このごろはすこしずつ名前が出るようになっているという。もっとも、書評で訳者の名が言及されるのは、たいてい訳文がやっつけられるときだ、とも書いている。いずれにしても、アメリカの翻訳が日本式に近くなってきたことがわかる。日本は先進翻訳国というわけだ。

もうひとつの、訳者の待遇については、やはり買い切りが普通であると『タイム』は言っている。ただ、ここ十年くらいの間に変化がおこっていて、少数の老練な訳者は印税を考えられるようになってきた。ここでも日本の慣習に近づきつつある。

そうは言っても、アメリカの翻訳者は経済的にめぐまれない。印税を受けられるのはそれこそ名の通った人にかぎられる。多くは買い切りだが、その相場は一千語で五十ドル。三万語の小説を訳すとすれば、千五百ドル。日本の金にしていくらになるか、ひまな人は計算していただきたい。これではいかにも気の毒だ。それにもかかわらず、翻訳家は目ざましい仕事をして、「英語国の文芸の地平を拡大しつつある」というからめでたい。

グレゴリー・ラバッサは、ノーベル賞を受けたG・G・マルケスの作品を訳して *One Hundred Years of Solitude* を出した。これがベストセラーになる。すると、原作者は、原作よりも訳のほうがいい、と言い出した。ラバッサは訳者にふさわしい謙遜さで、わたしの訳がほめられたのではなく、英語がほめられたのだと応じた。

ラバッサは、原作のことばの国へはなるべく行かないことにしている。英語が妙になるのをおそれるからである。彼はまた、第一稿はざっと、たいへんな速度で仕上げる。不審なところは鉛筆で印をつけて先へ進む。文章の勢いが必要だということらしい。

これと対照的に、対象の言語の社会に住んでいる訳者にウィリアム・ウィーバーがいる。イタリア文学の翻訳家である。ただ、英語がナマってしまってはいけないから、しばしばアメリカへ帰り、同時に推理小説を精力的に読んで、いつも現代英語の感覚をみがく。推理小説時評までしているという。推理小説が、一般の人たちのことばを知るのにいちばんよい手引きになる、というのがウィーバーの考えである。

　ラルフ・マンハイムはアメリカ翻訳界の長老であるが、やはりパリに住んで三十余年になる。数十年にわたる彼の訳業が認められて、昨年、マッカーサー基金から、終身六万ドルの年金を受けることになったが、これも翻訳が社会的に認められつつあることを物語る。

　原作者が生きていれば、原文のやっかいなところをきくのは当然であるが、これを喜ばない訳者がいるのは、おもしろい。相談したらうるさくてしかたがなくなり、訳すのをやめようと思ったというウィーバーのことが出ている。もっともこの場合、原著者のほうが、へたな口出しは百害あって一利なし、とさとって、大訳は完成したという。

　ギュンター・グラスの訳者マンハイムは、グラスが翻訳者のために開いているセミナーをわざとさけて、わからぬところは手紙できいている。訳者は原作者とあまり近くなりすぎないほうがよいようだ。

　自作自訳がいちばんだと考えているウラジミール・ナボコフのような人もいる。自分で英語の作品をロシア語に、ロシア語で書いたのを英訳した。

解釈

知り合いに画商がいる。この人には人を見るともち出す話題がある。先日も同席したら、またその話が出たので、こちらはまたかと思ったが、はじめてきくという人はひどく感心した。そう言われてみると、おもしろくないこともない。よほどつよく信じているからこそ、これほどくりかえして倦むことを知らないのであろう、と思いなおした。

この画商の言うところによると、かつて、Tという画家はたいへんな人気で、もちろん戦前のはなしだが一枚二千円もしたのが、飛ぶように売れたそうだ。同じくXという画家も評価が高く、こちらは一枚千円だった。ところが、いまはすばらしい天才と見られているKの絵は、一枚十五円も出せば、いくらでも手に入った、という。

それから五十年たったいまはどうなっているか。ここで、この画商はひと息つくのである。

Tの絵は三十万円するかどうかである。それでも、ほしいという人はすくない。Yはこのごろまた再評価を受けているから、一千万円くらいはするだろう。ところでおもしろいのはKで、十五円で買えたのが、いまはなんと億という呼び声がかかっているというのである。

どうしてこういうことがおこるのか。この人は、Tに二千円の値をつけさせたのは、空気であるという。八〇パーセントは空気の値であって、それがハゲれば、とたんに値がさがってしまう。本当の価値はときがたってみないとわからない。

多くの人は空気を買っている。真の価値は、時の権力などに縁のある人たちにはもっともわかりにくいものだ、ともこの人は言う。

江戸時代の狩野派の絵と浮世絵との間でも、同じようなことがおこっている。狩野派は幕府や大名の愛顧を得ていたから、絵の価値ではなく、空気の値で途方もない高いことを言っていた。それにひきかえ庶民のための浮世絵は、そういうハクがついていないから、千分の一、万分の一くらいの値しかつかない。

それがいまでは完全に逆転してしまっている。浮世絵のすぐれたものなら何千万という値がつくが、狩野派の絵など百万にもならない。美術品の価値は芸術価値のほかに、この空気のいわせる価値があるから、むずかしいし、また、おもしろい、というのがこの画商の持説である。

絵画には値がつくから、評価がはっきり数字にあらわれる。空気の値段がいくらであったかの見当もつきやすい。

文学作品には値段はつかないが、それでも評価に浮沈があるのは同じである。天才作家とさわがれた人が亡くなって五十年もしたら、専門家以外では名を知る人もなくなっているということもあれば、文学であるかどうか疑問だといわれた人の作品が、大古典になる例もある。

ジョン・ダンやホプキンズの詩などは、あとになって値の出てきた画に似ていないこともない。

こういうふうに見てくると、すべて芸術作品の価値には、空気が関係しているように思われる。さきのKにしてもいまは大人気であるが、その人気もやはり別の空気である。いつかハゲ落ちないとは限らない。しかしそれでTがまたもてはやされるようになるというのではない。新しいものに光をあてるだろう。それもやがて消える。こういうことをくりかえしていて古典的評価というものが固まるのに違いない。

旅行先きで読んだ新聞に、ピアニストのSがその土地でした講演の要旨がのっていた。何気なく見ていると、おや、と思うことがあったから、目をすえた。

Sがドイツ留学中に指導を受けたドイツ人の教授が、こう教えたとある。「楽譜に書いてあることは存在しない」「楽譜をそのまま追究しようとするから問違う」のであって、楽譜は「おおよそこうであろうという」ことが記されているにすぎない、というのである。

楽譜というのはテクストであって、ピアニストはこれを解釈しなくてはいけない。忠実な演奏というのは、ありえないのだ。この先生はそういうことを教えた。

それでは各人が勝手な解釈をしてアナーキーの状態になってしまうおそれがある。その歯どめとして、このドイツ人音楽家は、「音楽は受け継がれてきたもので、伝統を無視しては存在しない。伝統的解釈や表現法を学べ」とも教えたという。

このごろにぎやかに論じられている読者、受容論にも通じる考えである。作品が客観的に存在するのではなく、読者によって解釈されてはじめて生まれる現象が文学というものである。

文学の読者は、音楽の演奏者に近い性格をもっているということを、かつて考えたことがある。音楽のほうが、解釈が形をとってあらわれるだけに便利である。日本人の演奏家は技術はすぐれているが、解釈という観念が欠けているのではないか、といった意味のことを、アメリカ人が日本特集号で指摘した。日本人には、思いきった解釈は苦手なのかもしれない。

それでよけいに、空気に支配されることが多くなる。伝統にしても、活発な解釈を経た伝統でないから、どこか、ひよわなような気がする。

カベの説

野球で打球が直接、外野のフェンスに当たることがある。俗に、クッションボールといっているが、このはねかえりの方向を野手が見誤ると、とんでもないことになる。老練な野手だと、はねかえりの角度を計算して、しかるべきところに構えて、コトなきを得る。

草野球では外野のフェンスなどないから、それこそタマは転々、外野をころがりどこまで行ってもとまらない。それに比べて、クッションボールにはある種の緊迫がある。タマのほうに気をとられて、意識することはすくないが、フェンスの存在は無視できないはずである。

同じ方向へ進めないものが、逆方向をとるのは、なにも野球のボールだけではない。階段にはよく踊り場（ランディング）がある。一階から二階へ昇るのに、まん中でひと休みしてから逆方向に後半を昇る。空間の節約から考えられたことであろうが、和風建築にはあまり見られないのもおもしろい。

マラソンコースにも、たいていは折返し点がある。階段の踊り場、外野のフェンスに似ていないこともないように思われる。

ところで、一般に、カベは、〝カベにつき当たる〟とか〝カベがある〟とかいうように、ありがたくないものとして感じられている。はたしてそうだろうか。カベの説は、それを考えてみようとするのである。

カベの作用を生かしているのが、玉突きである。カベがなくては考えられない。突いた玉がクッションに当たってはねかえる。それがほかの玉に当たり、それがさらに二次的、三次的と衝突をくりかえして、複雑な反応を生ずる。連鎖反応というよりは、いっそう多元的である。ただ遊戯として見るだけでなく、情報の伝播に引き寄せてみても興味がある。ニュースなどは一対一の伝達ではなく、はじめから一対多の波及をねらったものだから、玉突き現象を期待しているとしてよい。二、三次伝達のおこらないものは、大ニュースにならない。また、その波及の仕方しだいではとんでもないデマを生んだりする。

流行も、玉突き現象によって短期間に広い層の人びとの心を動かすのだと考えられる。玉突き台に玉がたくさんあるほうが、ぶつかり合う確率が高くなると同じように、関心をもつ人が多くなればなるほど、情報の玉突き現象は活発になる。

ことばの表現も、玉突き現象を予想している。聴き手はクッションであり、ときには堅いカベである。いつもニコニコやさしく迎えてくれるとはかぎらないが、それでも反応がないよりはましである。

気負って発表した作品が、まったく無視されるのが、作者にとって何よりもつらい。たとえどんな酷評であってもいい。なんとか言ってほしい、という。(もっとも、ひどいことを言われれば、しょげないではいないのだが…)

作品は玉であり、読者はクッションであるとともに、台上のほかの玉でもある。黙殺されるのは、不幸にして、カベにも当たらず、ほかの玉にも当たらなかったようなものだ。作品が多くの読者の中で動きまわるようになるのは、理由はいろいろあるにしても、玉突き現象によるところが大きいと思われる。

それで、はじめからなるべく多くの玉に当たるように、つまり、玉突きで玉を突くように、複合衝突を計算に入れた作品を書く傾向が生じ、これが通俗性につながる。しかし、他人に理解されようと思うとき、程度の差はあっても、玉突き現象を完全に考慮の外におくことは困難である。真空の中で叫んでもしかたがない、という意味のことが、たえず言われるわけである。

ここまでは、表現の反応を生ずるものを玉突き台のクッションにたとえてきたが、すこし修正する必要がある。ただのカベではなくて、鏡のカベだということである。

玉は、自分で自分の姿を見ることができない。それを示してくれるのがカベ鏡である。作者は読者に、おのが姿を見る。読者の理解、解釈は、そのクッションボールである。作者の意図通りに読まれることはまずないと言い切ってよいのは、ことの性質上、当然であろう。

批判、反論を受けてはじめて、作者、発言者は自己を客観視できる。鏡の中のおのが醜い姿を見て、ときとして愕然とするかもしれない。それにくじけず、弁護がおこなわれるとき、そこにすぐれた批評が生まれる。

詩や文芸への攻撃が傑出したアポロギアを触発してきたことは、歴史にその例がすくなくない。西洋に比べて、わが国ではアポロギアの伝統が弱いように思われる。これは階段にランディングがなかったことと関係するかどうか。アポロギアはクッションボールである。

カベ鏡は、じっとしているのではない。カベとか鏡というと、いかにも静的であるが、文芸伝達で考えられるカベはダイナミックで、みずからも動く。

玉突きの玉はクッションに当たってエネルギーを失うのに対して、自分でも動くカベにつき当たる表現は、相手からエネルギーを補給、増大させられて、加速することがある。守りのアポロギアが攻撃論よりも大きな力をもつのは、不思議ではない。

不毛なのは、カベと見えて、その実はカーテンだったという場合である。

外国を読む

明治以来、日本にとって、外国は本の中にあった。活字の向こうに横たわる観念の世界である。鎖国こそ解けはしたものの、外国は海の外にあって、外国の土をふむことのできたのはごく一部の人たちに限られた。そういう人たちでさえ、外国は読むものであると思っていたから、文字にならない文化はほんのすこししかもち帰ることがなかった。このことは、毎年、おびただしい観光客が海外へ出かけるようになった現在においてもあまり変わっていないのではないか、と思われる。

外国の理解には、実際に、外国の風土、人間、文化、習俗に接して、全体的なものとして吸収する感覚によるのがのぞましいであろうが、島国の人間には、それは望むべくもないことである。もっとも確実で、実行しやすいのは、書物を通じての方法になる。島国固有の方式で、トレヴェリアン流に言うならば、外国認識のアイランド・フォームということにでもなろうか。

アイランド・フォームは、明治に始まったのではない。すでに一千年以上前に確立していたのである。中国を学ぶとき、やはり、この方法によった。ごくわずかの遣唐使という留学生と、帰化人をのぞけば、直接に中国を知るものはなく、もっぱら漢籍によって中国文化を摂取した。中国を読んだ。

こういう外国語研究では、ことばも発音などにかかずらわってはいられない。とにかく意味を解する必要がある。そして、漢文の訓読というものを発明していく。中国を日本流に読んだのである。

幕末、欧米語が入ってきて、まず考えられたのが、漢学の方法であった。洋学者の多くは漢学の出身である。英学ということばが、ごく自然に生まれた。英語にも返り点をつけて読もうとした試みなどは、さらにはっきり英学と漢学の関係を示すものである。

この訓点式の読みが挫折したのは、一般に意識される以上に、大きな意味をもっていたと思われる。それまでは、いわゆる変則英語が行なわれていた。サムタイムズはソメティメスであり、ネイバーはネギボールと発音されていたが、それでいて、パーレーの万国史を読んだ。

英学は漢学とのバラレリズムでは進められないということがはっきりして、発音が重視されるようになった。正則英語である。そしてそれまでのソメティメス英語に変則英語という名称を冠して区別した。しかし、本当には両者を分かつことはできなかったようである。

というのも、正則英語も、その実は変則英語ときわめて近い性格の外国語理解になっていったからである。返り点こそつけなかったが、形をとらない返り点をつけた独自の読解法を編み出したのである。英文解釈法である。「・・・するところの」といった訳文をつくる〝公式〟を教えて、原文の語順の入れ替えという漢文の読みと同じ原理が確立した。

英文解釈法が、受験参考書、学習参考書とともに普及したこともあって、文化的意義はほとんど認められていないが、すでにのべたように近代日本人の思想形成にとって、きわめて大きな役割を果していることは見のがしてはならない。日本人の独創である。外国を読むという方法論であった。日本の知識人の発想のいかに多くが、この英文解釈法によって決定づけらけているか知れない。

日本語の論理性がうんぬんされるのも、英文解釈法によってつくり上げられた日本文スタイルの論理が、きわめて複雑になるからである。英語の論理もくずれる。翻訳文体の日本語では、自然な論理もはっきりしない。しかし、英文解釈法のおかげで、われわれはとにもかくにも、外国を読むことができるようになった。そのことは忘れてはなるまい。

読んだ外国が、住んだ外国、見た外国と違うのは当然である。観念的であるのは是非もない。そして部分的である。木を見て森のあることを知らないきらいがある。

英文解釈法では、表現の単位をセンテンスとした。この点は文法と同じである。センテンスごとに構造がはっきりすれば、それでわかったことになる。センテンスの中の語の順序は、日本語に合わせて入れ替えるけれども、センテンスとセンテンスの順序は原文のままにされる。パラグラフの考えがはっきりしていなかったのだから、しかたがない。この点で英語は漢文よりも始末が悪い。

いまでも多くの英語教室での読みの理解は、逐語的、逐文的である。ひとつひとつのセンテンスを日本語にすると、それでわかったことになる。パラグラフをひとまとめにして、その要旨をひと口で言うというようなことは、ほんのわずかしか行なわれていない。

こういう逐語、逐文的読みでは、コンテクストがはっきりしないこともあって、解釈ははなはだ困難になるのである。英文解釈法の練習問題が、好んで道徳的、一般的常識の文章をとりあげてきたのも、ユニヴァーサル・コンテクストともいうべきものに包まれた表現でないと、理解が難しくなるからである。

したがって、外国を読んでいるつもりの読みが、案外、われわれが先刻承知している人情、知恵などの再認に終わることが多い。なかなか外国は読めもしないのである。

Ⅳ

先客

クレープという菓子のあることを知ったのは、それほど古いことではない。とはいっても、もう十年以上にはなるだろう。どうしたわけか、このクレープという名前が頭に入らない。覚えたつもりでもすぐ度忘れする。ものを忘れるのは何もこれに限ったことではなく、自分でもあきれるほどもの覚えが悪いから、別に気にもとめないでいた。

そのうち、あまり遠くないところにクレープ専門店ができた。週に一度くらいは店の前を通る。入ったことこそないが見なれた店ではある。ところが、よそにいてふとその店のことが頭に浮かび、あの菓子は何といっただろうか、と思うことがあっても、クレープが出てこない。そういうことをくりかえしていて、これはさすがにおかしいと考えるようになった。

そのうちに理由らしきものがわかってきた。戦後間もないころ、デシンという生地が流行した。ものそのものには関心がなかったが、このことばがクレープ・デ・シン、つまりシナ風のクレープ（ちりめん）の頭のほうを切り落とした形であるのをおもしろく思った。オー・デ・コロンをもじって、ヘチマコロンという商品名をこしらえた古い例を思い合わせたりした。菓子のクレープが頭に入らないのは、どうも切りすてられた織物のクレープがじゃまをしているのであるらしい、と見当をつけた。

フロイトが、無意識下の不快な連想をもつことばば、名前などはよく忘れられるということを言っている。それに似ていないこともないが、すこし違う。私は別に、菓子のクレープに反感をいだいたりはしない。中立的な気持である。忘れなくてはならないわけはない。とすれば、デシンのクレープが菓子のクレープを排除しようとしているとしか考えようがなくなる。何とか頭に入れても、すぐ消されてしまう。

先入主は、後からあらわれるものをはねのけることで先入主顔をするのである。ここでは織物が先入主、菓子は新参というわけだ。

十三日の金曜には不吉なことがおこるという迷信がある。いや、迷信ではなく、実際にそうだ、と言って事実を証拠に反論する向きさえある。十三日の金曜にすばらしいことがあっても、先入主に排除されて印象に残らない。十二日木曜の凶事も十三日金曜に打消されてしまう。こうして十三日金曜の〝信仰〟は強化される。

人間でも第一印象が大切になる。感じが悪いと思った人のいいところは、見れども見えず、聞けども聞こえずとなりやすい。はじめの印象を修正することはなかなかできない。

小学校へ一年生が入学する。担任の先生が、できそうな子、できそうにない子という印象を固めるのに、時間はかからない。いったんできそうに思われると、多少、反対のことがあっても、そういう事例は消去され、いいことがあると、やはりというので、思い込みは補強され、やがて事実のようになる。優等生はこうしてつくられるのかもしれない。

一年生の担任の先入主は記録となって、二年生になったときの担任を拘束する。教師の側で、この排他的評価をくつがえすのは容易ではない。まして、こどもの力でこれをひっくりかえすことは不可能に近い。

ことばについても、先入主はやっかいである。便所という文字を見るだけでハナをつまみたくなるのは、かつての設備がよくなかったためである。手洗いと変えても、すぐ不浄の連想がつよくなる。こうして、あの場所はたえず呼び名を変えなくてはならない運命をになうのである。ついにこのごろは黒と赤の人形で示すことが多くなってきた。

新しい商品やアイディアを提示しようとする人たちが、意味上、ニュアンスという先入主のあることばを避けたいとするのは不思議ではない。せっかくの伝えようとするイメージが、一般化している意味によって消されてしまう。聞いた人の頭に入らない。それでは困ると考えるのは当然だ。

それで、手あかのついていない、つまり〝白いことば〟を使う。いちばん手っ取り早いのは、カタカナ語である。外来語ではない。外来語もどきの和製である。このごろ、そういうことばがどんどん作られているのは、普通に意味をもつことばがいかに排他的であるかということを裏書きしている。

先入主という先客は、あとの客を入れてくれない。しかたがないから、ほかに席をつくって、となるのが、カタカナ語の多くなる一因であろうと考えられる。日本語では、先入語義や連想の排除力がとりわけ大きいのかもしれない。

一般的に言って、はじめが大事である。イントロダクションが、よきにつけ、あしきにつけ先入主を決定してしまう。まずい手ほどきを受けると、その分野への関心を殺してしまうことになる。アメリカの大学で一般教育の講義を、できればその道の大家が担当するというのは賢明な慣習である。戦後、われわれの国の新しい大学が、形をアメリカにとりながら、実質を学ばなかったために問題を生じることになった。

若いときはものを知らない。だからこそ大きな発見や創造ができるのだ、と考えることもできる。知識がふえるというのは、先入主群を肥大させることにほかならない。人間はものを知って、しかも、あるがままを見られるということがはたして可能なのだろうか。

外来語

外国から来ている留学生が、口をそろえるようにカタカナ語の多いのにおどろきあきれ、しばしばからかいの対象にする。外国人の日本語弁論大会でも、毎年のようにこれをサカナにしたスピーチがある。

外国人のほうが日本語に対して保護的になりやすいのは、いつの時代もあまり変わらないであろうが、カタカナの日本語はそういう保守的感覚をさかなでするから、目のかたきにされる。

もちろん、日本人にも外来語の支持派と反対派がある。これまで、外来語はどちらかといえば必要悪のように見られてきたが、近年は若い世代を中心に批判的な見方が消滅しようとしている。反対派は高年齢化しているようだ。

日本語の外来語をカタカナ語にのみ限るのは、歴史的にみても不当であるのははっきりしている。外国から渡来した、在来のことばでないものを外来語というのなら、漢語もりっぱな外来語である。漢字はほとんどすべて外来の文字であり、和語をあらわす仮名にしても、漢字をもとにして作ったもので、外来的性格をもっている。文字にするかぎり、在来の日本語もすべて、外来語と外来的記号によっていたとしてよい。

「外来語が氾濫している」というのは、カタカナ日本語のことを指しているのだが、漢語、漢字も外来なのなら、外来語の氾濫はいまに始まったことではない。大昔から続いていたのである。すこしくらいのことでおどろいたりしないだけの、民族的訓練を受けている。

明治以降のことを考えてみると、まず欧米の文化を漢語、漢字で翻訳しようとした。これは、新しい外来文化を古い外来語に置きかえようとした、きわめて困難な作業だが、明治の英学者はおしなべて漢学の素養が豊かであったため、漢字による造語力には目を見張らせるものがあって、いまから見ても名訳と思われるものが多く生まれた。

おかげで、いまわれわれの国の高等教育が母国語で行なわれているのである。これが文化的にどういう意味をもっているかは、東南アジアの国々と比較してみれば明らかである。もっとも国際化という点からすれば、大学の講義が英語でされていたら、いまのように孤立しなくてすんだと考える向きもあろう。

外国の新文化を漢字漢語という外来語的言語で二重翻訳したことが、われわれにとって外国を観念的なものにしたことは否めない。他方においては、この知的作業は、ただ外国語をそのままに受け入れるのに比べて、より創造的であったことに注目しなくてはならないだろう。日本の近代化の原動力のひとつは、こういう言語処理によって触発されたエネルギーにあった。

bankを銀行と訳したのは、渋沢栄一だという。銀座の銀と洋行の行を結びつけた造語である。銀行を外来語だという人はあるまい。野球、飛行機、会社も外来語ではない。しかし、外来語的ではある。

もし、そうであるなら、カタカナの日本語をすぐ外来語ときめるのは適当でない。フランス語の中に英語をそのまま入れるのとは、わけが違う。カタカナに加工されている。

銀行といったことばがbankの意味を伝えようとするトランスレーションならば、identityをアイデンティティとするのは、音のトランスクリプションということになる。こうなってしまえば、もう英語国民にはわからない。その点では翻訳語であり、銀行とアイデンティティは似た性格のことばだとしてよい。

このトランスクリプションによる外国語処理を、すべて外来語と呼ぶのには問題がある。

さらにやっかいなのは、カタカナで、いかにもトランスクリプションの処理を受けたような顔をしていながら、その実、もとになる語が外国語に存在しない、いわゆる和製外国語のあることである。つまり、外来語もどき。

一般の外来語排撃論は、この外来語もどきを外来語と混同していることがすくなくない。実際に、外来語と外来語もどきを区別するのはなかなか骨であり、区別せよというのは非現実的ですらある。

この外来語もどきは、主として商業活動を推進力にして生まれてくるために、とかく白い目で見られがちであるけれども、一概に否定してしまうことは許されない。明治の近代化が外国語に対する訳語の創出によるところが大きいとするならば、戦後の日本経済を押し上げてきた力の一部は、外国に順応しながら、日本的なものを表現する和製外国語と、それを生み出した活力であったと考えてもよいだろう。

外来語もどきにも、明治の漢語の訳語に劣らぬ言語的創造性が内蔵されている。商業関係でいうなら、ソニーとか化粧品名のマンダムなどは、もどきの傑作である。ことにソニーは Sony として世界に認知された。東京通信工業の旧社名では、国際的になれたかどうかわからない。

一般語では、ナイターが戦後の和製英語の出色である。アメリカでは使われないが、何なら輸出してもいい。日本人はものを器用に作るだけではなく、ことばを造るにもすぐれている。ともすれば忘れがちだが、造語は創造的営みである。外来語もどきも、まんざらすてたものではない。

省略

われわれは知らずしらずのうちに自己中心的になっている。自分のわかっていることは相手もわかってくれているものときめてかかることが、すくなくない。

いつか長野へ行ったとき、出迎えてくれた人が、

「シンマイの△△です」

と頭を下げた。かなりの年輩なのにこれでも新米なのか。ぼんやりそんなことを考えていると、次に出てきた人がやはり、

「シンマイの××です」

だから、さすがにおかしいぞ、と思った。長野の人は謙遜して、初対面の相手に向かっては、新米と言うことになっているのかもしれないが、そんなはずはないという気もする。

すぐ用件の話になったから、いつまでも疑問にかかずらわってはいられない。しばらくしてもらった名刺を見ると、信濃毎日新聞社という肩書である。これを信毎としてシンマイを名乗った

つもりだったのであろうが、こちらはシンマイさんと誤解したという解釈がやっと成立した。長野県ではかくれもない存在だから、シンマイがまかり通る。シナノマイニチなど長々しくてしかたがない。シンマイで結構。しかしそのままヨソモノにぶっつけられては面くらう。部内の通称だったのが外に流出したのであろう。

部内のことばでびっくりした経験は、旧国鉄でもさせられた記憶がある。東北本線の特急が上野へ近づくと、車内放送が乗換の案内をした。そんなものに用はないからいい加減に聞き流していると、

「カンコウデンシャにお乗換の方は〇〇ホームへおまわりを……」

とやった。カンコウデンシャにひっかかる。上野から観光電車が出ているなんて聞いたこともない。だいいち、観光電車というものがあるのだろうか。おかしい、おかしい、と思いながら上野に着いた。

これもあとになって、見当がついた。観光電車ではなくて緩行電車のことだったに違いない。急行に対する部内語であろう。それを乗客に押しつけたからこちらは面くらう。もっとも、緩行説はたしかめたわけではないから勝手な見当である。

先日、アメリカの雑誌を見ていたら、“Henry Kissinger, Fmr Secretary of State” という写真のキャプションがある。別にどうということはないが、Fmr に目をひかれた。前に見たことが

あったかもしれないが、ここでは字が大きいこともあって強調されている。
Former の略であることはだれにもわかる。キッシンジャーはあまりにも有名であり、国務長官であったこともよく知られている。この予備知識があれば Fmr が Former であることは、この略し方になれていない読者でもすぐわかる。
手もとの辞書に当たってみたけれども、Fmr の出ているものはない。まだ一般化してはいないのであろう。前大統領なら ex-president だが、首相だと former prime minister とならなくてはならない。地の文でならともかく、見出しなどだと、former では面倒だ。略語がほしい。それにこたえたのが Fmr というわけだが、なぜこれまであまり用いられないでいたのか不思議である。
Fmr という大文字でなら用いられても、fmr という形はないのかもしれない。小文字にするなら former でなくてはいけないということもありうる。いずれにしても推測である。読者のご教示を乞う。
Former が Fmr になる。母音がなくてもわかるのは、ほかの多くの略語と同じであるが、そうなると母音はすべてリダンダントなのかという疑問がわく。Fmr でわかるのなら多忙な現代においてわざわざ former などとすることはないではないか。
戦後、アメリカから、大量の略語が流れ込んできて、われわれを戸惑わせたが、戦争がことばの簡略化を促進する傾向があるのは、すでに指摘されている。

コンテクストがはっきりしているから、略語がわかるのである。そう考えると、略語はもともと部内語だと解することもできる。

それにしても、Fmr Secretary of State だってずいぶんまどろっこしい感じである。しかしFmr S.S. などではなんのことかわかるまい。めったにあらわれない職名ならともかく、たえず出てくる国務長官がいちいち Secretary of State でなくてはならぬとはご苦労な話である。外相というような表現を、改めて便利であると見直したくなる。

一般にニュースに出てくる人名の肩書き（というのは当たらない。尻書きとすべきか）がうるさい。Elijah Anderson, associate professor of sociology at the University of Pennsylvania だとか、Marcia Saunders, director of the Dade County, Fla., affirmative action program といったのを見ると、われわれには、ここでことばの流れが切れてしまうように思われる。

こういうところでは、略号の出る幕はごくすくないようで、へたに略したりすると、いよいよわからなくなってしまう。

人物の説明のことばがやっかいであるのは、日本語でも同じで、新聞の記事に出る人名には、住所と年齢がついていてわずらわしい。そのためにも、何でもない記事がすっきり頭に入らないこともある。

本と経験

もう何度も訪れていて、すこしは様子がわかっていてもよいのに、さっぱり勝手がわからない。行くたびに新しい所へ来たような気がする、そういうマチがある。そうかと思うと一度しか行ったことがないのによく覚えていて、再訪すると、前のことがよみがえってなつかしい。そういうマチもある。

どちらかというと、大きなマチは何回行っても親しみがわきにくく、すぐ身近かに感じられるのは、小さなマチに多い。しかし、大きさだけの問題ではなさそうである。どういう時間をそこですごしたか、が決め手になるらしい。

案内をしてもらって、ていねいに市内を見物させてもらう。たいていはクルマである。ただ点から点をまわるだけで、中途のなんでもないところはまるで目に入らない。これでは、いつまでたっても身にしみてわかることがない。時間をかける必要がある。そして、足を使って歩いてみないとわからないことがある。

宿を出てブラリブラリ散歩する。むやみに本屋の目に入る通りもあれば、あちらにもこちらにも薬屋があって、これでやっていかれるのかと心配になるところもある。そんなことはどうでもいいことかもしれない。しかし、こういう無駄なこともないと、わかることもわからないのではあるまいか。

頭だけで理解するのと、体でも覚えたこととでは、同じように知っているといっても、大きく違っているに違いない。

はじめての所へ行ったら、まず土地の地図を買い、中心部から周辺部へ向かってどんどん歩いてみるのを主義のようにしている、と言った友人のことを思い出した。未知のマチを知るのに最上の方法であろう。

このごろはクルマで移動することが多い。それだけ人間の行動範囲も拡大したわけだが、遠くまで行くには行っても、歩いてみないとわからない部分を切り捨てたのでは、経験をふやすことにならないのではないか。

これは土地のことだけではない。同じ知識にしても、本で読んだ知識と、日常生活の中で汗とともに覚えたこととは、同日の談ではない。

本の知識は第二次的経験である。簡便で苦もなく大量の情報を得ることができる。そのかわり、いつまでたっても血となり肉となるというのは難しい。ケロリと忘れる。

額に汗して得た知恵は、忘れようにも忘れられないが、そのかわり範囲がごく限られている。一生のうちに第一次体験として得られる知見は、たかが知れている。どうしても、第二次経験で補強しなくてはならない、知識の学習である。

近代の文化は、この第二次的知識を支えに発展してきた。その伝承には教育が必要であるから、その役割を負わされて学校が多く生まれる。知識の量は膨大であるから、いちいち実地に当たったりしていることはできない。クルマで走るどころか、ときには地図だけを見せてもらって、これがこのマチである、といった理解をさせられる。

明けても暮れても、そういうことをしていると、そのうちに、地図と実地の区別がつかなくなってくる。一度も現地へ行ったこともないのに〝よく知っている〟と広言してはばからない人間を、教育は育て上げてきた。それが学校教育の泣き所で、昔の人が、理屈では世間は渡れないとうそぶいたが、実地は地図とは違うという、当然のことを指摘したまでのことである。

当たり前でも、かつては、それを言う人がいたから、二つの世界のあることを思いおこさせられるきっかけはあった。ところが、近年は学校教育が普及したせいかどうかわからないが、知識にふた色あるということがほとんど問題にならなくなってしまったのは、おもしろくない。

クルマで走り抜けただけのマチをよく知っていると思い込むだけならまだしも、地図を手にしただけで、もうわかったように錯覚する人間がふえている。頭だけで、わかったつもりになってはいても、足が地についていない。

教育の普及は、クルマの普及が歩かない人間を多くしたのと似た現象を生じつつある。それにもかかわらず、歩いたのと同じような知識と経験を身につけたように考える。あまり健全とは言えない。

話はとぶが、チョーサーが本と経験の二元論にこだわっていたのはよく知られている。たとえば、「結婚の苦労ばなしなら、古典本の力を借りなくても、経験だけでじゅうぶんです」（バースの女房のプロローグ）といった具合である。古典本（auctoritee）と経験（experience）を対比させているのが注目される。

もちろん書物の世界を尊重してはいるが、なお経験の世界をきわめて重く考えているのは、第一次的体験が第二次経験に拮抗しうる力をもっていたことを暗示する。

当時の古典は主として外来の権威であったから、書物 対 経験という二元論は、外来 対 在来の形に移して考えることもできる。

バーナード・ショーの手紙

人はさまざまだから、一概には言えないが、手紙をもらうのは人生の楽しみのひとつである。すくなくとも、親しい人からの便りを喜ばないものはなかろう。

郵便受けをのぞいてどっさり来ているのを見ると、わけもなくわくわくする。うちの中へ入るのももどかしく、立ったままでざっと目を通さないと気がすまない。

たのしそうなのから開いていく。やっかいなことが出てきそうなのがあと回しになるのは、いたしかたない。ときとしては、その日のうちにどこかへまぎれ込んで消えてしまうこともある。無意識に拒否しているのかもしれない。

手紙をもらうのはうれしい。しかし、返事を書くのが、おっくうである。書かなくてはと思いながら、一日のばしになって、ますます書きづらくなる。

本をもらった礼状など、すこし読んでから、などと思っていると、出しそびれてしまう。とりあえず、ありがたく頂戴、というハガキでも出しておくに限る。ハガキでは失礼だなどと言っていると、いっそう失礼なことになる。

断りの手紙も気が重い。相手の気持を傷つけまいとすると、ことばひとつにも神経を使う。ある高官が断りの手紙は候文にするとのべていて、なるほどと感心したが、われわれのまねられることではない。

手紙の返事がだんだんたまる。それがどれほど心を重くするかしれない。柔道の山下選手が不眠症になやんだとき、来た手紙を読むな、という方針を立てて、危機を脱したという。病気ならしかたがないが、普通はそこまでは割り切りにくい。

「手紙をいただくばかりで、返事をしていないので、いつも気がとがめています。あなたのなげきはわが友人のすべてが味わっているものです」。バーナード・ショー（GBS）がそういう言いわけの手紙を書いているのを読んで、この巨人に何とも言えない親しみを感じた。やはり、そうなのか。

GBSはことばを続けて、「いちいち返事を書いていたら、何をする時間もなくなってしまいます。仕事の関係でどうしても放っておかれないものだけに返事をしていますが、それも半分くらいでしょう」と言う。これを読んで、ますます、われわれは安心する。（こう書いてくると、手許の本から引いているようだが、実は、『タイムズ文芸付録』一九八五年五月三十一日の書簡集第三巻の紹介記事からの孫引であることをお断りしておく。）

ショーほどの人が秘書もおいていなかったのだろうか、という疑問もわく。それはともかく、いかにも怠惰なレター・ライター（ちなみにこれに当たる日本語がない）のようだが、それはまったくの見せかけにすぎない。

一九五〇年九十四歳の高齢で亡くなるまで、七十年間、一日平均十通の割で手紙を書いたというから、すごい。二十五万通以上である。

それがハガキのような短いものではないから、いっそうおどろく。えんえん、めんめんと書く。リットン・ストレイチが、すぐれたレター・ライターの体質にはどこか女性的なところがあるものだ、と書いているそうだが、卓見である。男性的な人間は手紙を書かないのか。

バーナード・ショーの戯曲にはどれも、それこそえんえんと続くト書きがついている。せいぜい数行どまりのト書きになれている読者は、ときとして数ページにわたる長さに度胆をぬかれる。そのショーが長い長い手紙を書いたというのは、偶然ではないように思われる。

返事を書いていては何もできなくなってしまうといいながら、日に十通もの手紙、しかもひどく長文の手紙を書いたというのは、いかにも矛盾しているようだが、本人はすこしもおかしいとは思っていなかったのであろう。

「長い手紙になったことをお許しください。いまの健康状態では短い手紙を書く体力がありません」という、これまた辻つまの合わないことをショーは書いている。弱っているなら簡単に書いておこうとはならず、逆に、長くなるというのが、おもしろい。

第一次世界大戦当時のアメリカの大統領ウッドロー・ウィルソンは、雄弁家として知られた。一時間の演説なら即座に始められるが、二十分のものなら二時間の準備がいる。五分間スピーチなら一日一晩の用意をさせてもらわなくてはならぬ、と言ったと語り伝えられている。

ショーが、体調がよくないから、短い手紙は書けないが、長い手紙なら書けると言っているのも、決して不合理ではないことになる。どうやら、かれらには短小に対する緊張感があるようである。

そのことは、もともとが短篇文化の社会にいるわれわれには、よく理解されない。短歌とか俳句というような様式では、他に類を見ない洗練を示すけれども、短いスピーチがはなはだまずいのは、体力もないのに短い形式に挑むのが誤りであることを暗示しているのであろうか。

国内、大陸と、あちこち夫婦でよく旅行したバーナード・ショーが、「夫婦でいっしょに旅行なんかするものじゃない」と言い放っているのは、愉快である。

句読法

アルファベットすら見たことがなくて中学校へ入った昔の中学生は、いまとは違い、英語ではいろいろとびっくりすることが多かった。句読法のきびしさもそのひとつである。小学校の国語でも、マルやテンをつけることは教わったけれども、マルのほうはともかく、テンはどういうときに打つのか、指導らしいものは受けなかった。

英語のディクテーションで、コンマひとつ落としても点をひかれるのがひどく新鮮であった。英語を通じて句読点が大切であることを、すこしずつ覚えていった。

小学生は気まぐれにテンをつけたり、つけなかったりしていたが、それでとがめられることもなかったのである。だいたい作文、つづり方は文学的（？）に書けばよい、とこどもごころに教師のねらいを察知して、とにかく、生活のみじめなことを書くことを心がけていた。正確さなどは問題ではなかった。

かつて富岡多恵子氏が、

「朝、わたしは七時に起きて、それから歯をみがき、朝食をした」
「朝七時に起き、歯をみがき朝食をした」
「わたしは朝七時に起きて、歯をみがき、そして朝食をとった」
「朝、七時に起きた。歯をみがいた。それから朝食をとった」
「朝の七時に起きて歯をみがき、朝ごはんを食べた」

の五通りの書き方のうち、日本語としてどれがいちばん正確に内容をあらわしているのか、「わたしは今もってわからない」と言い、「もしわたしが今中学生ならば」これを「正確に書き記す日本語を作文の時間に教わりたいと思っている」(『言葉の不幸』)とのべたのは、われわれの感じていることを代弁したものであった。

ここで問題になっているのは、句読点だけではないが、それでもやはり、テンの打ち方ひとつで文章が大きく違ってくることが、よくわかるのである。

日本語では、いまなお、句読法がはっきりしていない。

「…と言った」という文章で、「…、と言った」とするか、「…、と、言った」とするか、あるいは、「…と、言った」か、または「…と言った」がいいのか。あるとき、すぐれた日本語の文章を書く外国人からこういう質問を受けて、即答に窮したことがある。お互いにめいめいの我流によって処理している。どれが正しいのか、と問いつめられると当惑する。

句読法がはっきりしていないということは、日本語において、まだセンテンスというものがしっかり定着していないことになる。そうだとすればことは重大である。逆に言うならば、日本語のセンテンスは、人為的に導入された句点がつくりあげた虚構かもしれないということである。われわれは実に長い間、センテンスというものを意識しないで文章を書いてきた。

明治になって、外国における句読法を手本にして、句読点をつけるようになった。その結果、句点がつけられる単位にセンテンスという名をつけるようになった。それに落着くまでにかなりの曲折と時間を要したのは、是非もないことであろう。したがって、いまだに、日本語のセンテンスは英語のセンテンスほどには安定していない。

句点がないと、たちまち、センテンスがぐらつき出す。その証拠に、句読点のない話しことばでは、われわれはほとんどセンテンスを意識していない。センテンスをしゃべっているのは、むしろ例外的な人である。座談会などの速記をみると、いかにセンテンスから遠いもので話が進められているかが、よくわかる。中にきちっとしたセンテンスを話す人がいると、座談会はかえって堅苦しい感じになる。

書いたことばでも、改まった案内状とか、毛筆の手紙などでは、いまだに句読点をつけないのが常識である。それだけに、句読点をつけるのが新しいという感じもあるのか、若い人で、手紙やはがきの宛名に、「〇〇様。」といった書き方をするのが一部に見られる。

先年、西鶴の文章における句読についてすこし調べたことがある。句読点のようなもののついている箇所と、ついていない部分とが混在しているのがおもしろかった。どうしてそうなのか、いまのところ解明してくれる研究はないらしい。しかしまったくでたらめにしていたはずがないから、何らかのルールはあるはずだと考えられる。

西鶴の句読を調べていて、修辞的句読（レトリカル・パンクチュエーション）のことを思い合わせた。イギリスでも、シェイクスピアの時代は、まだ、一部、修辞的句読が行なわれていたとされている。主として声の調子、抑揚などをあらわすのが修辞的句読である。

この修辞的句読はやがて、論理的関係の指示を主とする文法的句読にとって代わられる。それとともに近代的なセンテンスの概念も生まれる、としてよいであろう。

日本語ではまだ文法的句読がしっかりしないで、修辞的句読との間でゆれている。英語などとは違い漢字がまじり、分かち書きをしないのが、日本語の句読法の発達をおくらせているのではあるまいか。

外国語教育の性格

九月（昭和六十年）はじめに、文部省の教育課程審議会が発足した。十二年ぶりのことである。戦後五回目の、学校教育全般にわたる内容の見直しを行なおうという。

かなり大きなニュースとして報じられたが、英語教育の教師はそれほど関心を示さなかったのではあるまいか。いつものことである。それが英語人のよいところでもあり、同時にまた、困った点でもある。のんびりしていて、目先のことにこせこせしない。他教科の教師の間では、金持ちケンカせずなのだ、などという声もある。英語の教師がどうして金持ちなのか、わからないけれども、おっとりしているのはたしかだ。育ちがいいという見方もある。その分だけすこしお人よしになっているのだ、としたら、喜んでばかりもいられない。

昭和五十五年に現行の学習指導要領が実施された。〝ゆとりの教育〟がテーマであった。それはいいが、英語はそのゆとりのしわよせをかぶって、それまで中学で週四時間あったのが三時間になってしまったのである。英語についてはゆとりどころか、ひどくあわただしい教育を余儀なくされることになった。いまから考えても、ずいぶん思い切ったことをしたものだと思う。

どうしてこういうことになったか、という背景も考えてみる必要があったのに、そのままになってしまった。いまからでもおそくない。学校の外国語教育のあり方について、しっかりした検討を加えるべきである。

週三時間になって、英語の先生もさすがにおどろいて、ぶつぶつ、ぶうぶう不平の声がきかれた。しかし、なぜ、三時間ではいけないのか。それを外部の人に納得させるだけの議論にはならないまま、やがて下火になっていった。

中学校の英語の授業時間が減るのは、これが初めてではなかった。それより以前に、週五時間から四時間になったことがある。このときは、書写の時間を新しく生み出すために外国語が削られた、というのが巷間伝えられる裏話であった。

そこでも英語関係者は結局、泣き寝入りのようになった。ほかの教科では見るもあさましいエゴイズムを発揮して、折あれば時間をふやそう、どんなことがあっても、削減などさせないぞ、と目を光らせている。そこへいくと、英語教育界は紳士的で、裏にまわって工作をするなどということをこころよしとしない。おっとり構えていては、時間を削られるという破目になる。

一度あることは二度ある。五時間から四時間になり、さらにそれが、三時間になった。五時間から三時間へはまさに四〇パーセント減である。これでどういう英語を教えたらいいのか。なぜ、そこまでして、〝ゆとり〟をつくらなくてはいけないのか。実際にやってみると、〝ゆとり〟の教育は失敗であった。偶然かどうか、中学校の校内暴力は〝ゆとり〟の教育がすすめられてから多発するようになったのである。効果のあがらない〝ゆとりの時間〟をつくるために、英語の授業時間を削ったのは、どう見ても賢明であったとはいえない。

しかし、英語の教師は三時間制に順応しようとしていた。そこへ父母からの不満が噴き出した。三時間では足りないという父母の意見は、外国教育そのものについての必要に立脚しているのではなく、受験競争に不利であるという親心にもとづいていた。

というのも、公立中学校では週三時間になった外国語教育が、私立中学においては、当の〝ゆとりの時間〟を利用することなどで、週四時間、ときとしては五時間教えられていたからである。それでは公立中学校にいる生徒は不利だと、父母が騒ぎ出した。英語の先生のさしがねがあったという見方もあった。いや、先生が頼りないから、直接、世論喚起に立ち上がらざるを得なかったのだという説もある。

それはとにかく、こういう雰囲気を受けて、英語教育団体の関係者による三時間体制見直しのアピールが出されたりもした。こんどの学習指導要領の改訂にあたって、こういう経過がどう反映されるか、もちろん予想の限りではない。

ただ、失地挽回というような消極的な議論では、外国語教育の重要性を社会に認識させるのに役立たない。先進国になろうとしているいまの日本において、外国語は何をどのように教えられるべきか、をよく考えなくてはならない。

明治以来、英語教育はいつも社会情勢に合わせて、ゆれ動いてきた。やみくもに英語、英語と言っていたかと思うと、手のひらを返したように、目のかたきにし、はては、廃止論がとび出したりする。戦争中、女学校の英語はなくなった。

社会の風向きに左右されるわが国の外国語教育の性格は、いまもすこしも変わっていない。それどころか、近年、日本人は目を内に向けつつあるのではないかと思われる。国際化が叫ばれる一方で、文化的鎖国の傾向があるのを見のがすことはできない。

日本のような島国では、内的回帰は不可避的リズムであろうが、外国語教育は新しい壁にぶつかろうとしている。のんびりばかりしているのは許されない。

（その後、同審議会の答申で、中学校の英語は週四時間にふえることになった。）

センテンスのセンス

戦争がすんで間もないころ、I・A・リチャーズの『修辞学原論』を読んでひどく感心した。そしてこれが大学の講義だという点も、おもしろいと思った。講義といっても招かれていって行なった大学での、いわば集中講義である。普通の講義とは多少違うにしても、それがほとんどそのままの形で本になる。そのときはのんきに、そんなものかと考えたけれども、こちらもすこし講義のまねみたいなことをしてみて、やはりこれはたいへんなものなのだ、と考えなおすようになった。

このリチャーズとともに草創期のケインブリッジ大学英文科のスタッフのひとりであったE・M・W・ティリヤードが、最上の講義は、印刷へまわる直前の本の原稿をたずさえていってするものだ、二十年代後半、草創期のケインブリッジ英文科にはそういう講義がいくつもあった、とのべている。講義はそのまま本になって不思議ではない。本の原稿が講義になって当たり前だというのであろう。

わが国においても、かつては講義がいまよりは格式を重んじられていたように思われる。ノートをもった教授が学生に向かって、「・・・といわれなければならない」とか「・・・なのである」とかいう調子の口述をする。学生はおかしいとも思わないで、それをノートにとる。つまり、本にするかわりのノート筆記である。出版してしまえば講義という儀式はできなくなってしまうから、ノートの色が変わっても、内容は変わらない講義を年年歳歳くりかえした先生もいた。学生はそれを従順に書き取った。

たまには話しことばの調子での講義もないではなかったが、ノートがとりにくいというので不評だったようだ。本格的な講義はたいてい、「である」調であった。その点からすれば、講義がそのままで本になることができたはずである。ただ、実際にノートのままが本になるのは、夏目漱石の『文学論』、『文学評論』のような例外もあるが、きわめてまれであったと考えられる。

話しことばと書きことばでは、文体だけでなく、濃度が違う。日本語の談話の抽象度は文章に比べるとかなり低い。イギリスのＢＢＣ第三放送が本になり、それが日本語に訳されると、かなり高度な専門書になるというようなことがしばしばおこると、なぜだろうと考えないではいられなくなる。

講義に限らず、話したものがそのまま活字になりにくいのは、座談会の速記を見ればいやでも認めないではいられない。とても読めたものではない。なんとか手を入れ、形をととのえようとするけれども、勝手な修正はできない。前後にほかの人がしゃべっている。へたをすると、脱線、接触の事故をおこしかねない。

その席での話がはずんでたのしかったという座談会ほど、速記でのことばが乱れている。

そして、あるとき、ひとつの発見をした。われわれはセンテンスをしゃべっていない、ということである。フレーズ、あるいはクローズを投げ出すように話す。ほかの人の発言とぶつかりそうになると、軌道を修正して新しいフレーズをもち出す。どうもはじめから、完結したセンテンスを用意しているのではないようだ。そう思った。

電話をかけるときも、「○○ですが（けど）」などとやっている。ここでひと息入れるのだから「○○です」でよいはずなのに、そういうようには言い切らない。いかにもつき放したように響くからである。センテンスは冷たく感じられるが、フレーズやクローズなら余韻とふくらみがある。

日本語の談話には、コンマはあっても、ピリオドはないのかもしれない。話し出したらえんえんと続いて終わることを知らぬかのようである。万事ずいぶん合理的になってきたといわれる現代の日本人だが、長電話は風俗になっている。

そうした日本語だからこそ、俳句で、切れ字をやかましく言わなくてはならなかったのであろう。ただし切れ字は、ピリオドに当たるのではなく、フレーズをセンテンス相当のものにする役割を果す。

文法では文が重要な単位であることを教え、文章としてはセンテンスを書いてはいるものの、文は本当に板についているとは言いがたい。センテンスはつまり外国語の影響によって生まれた形式である。自然にしゃべっているときは、そういういわば借着を脱ぎすてて、元来の語感による。それで、調子にのってしゃべった座談会の発言ほど、文字にしてみると無様なものになるのかもしれない。

改まった席で、センテンスを話さなくてはならないとき、われわれはほとんど言うべきことばを失う。無理に形をととのえると、砂をかむような話になる。それよりは文章を読んだほうがまし、となって、式辞の朗読が行なわれる。

注意してみていると、たまにはセンテンスを話している人がいるにはいる。そういう発言はいかにも論理的で、明晰のような感じを与える。そのかわり、どこか冷たい印象はぬぐえない。

明治以降、わが国は一応、言文一致ということになっている。いまその真否を論ずることはできないが、日本人がいまなお、センテンスを話している自覚がないのは、注目に価いする。日本語の談話でセンテンスのセンスはいつ確立するのか。

諷刺の寝返り

「ライオンを征服している人間の絵を描いたのは誰か。人間です。もしライオンが描けば、ライオンが人間を征服した絵になったでしょう。それと同じように、女の悪口を書くのは男です。女が書けば、男の悪事を洗いざらいぶちまけます」

「夫から言われたことはいちいち言い返してやりましたから、借りなどビタ一文もありません」

「食卓で夫のとなりにどんな偉い人がすわっていらっしても、わたしはずけずけ夫を叱りとばしてやりました」

「わたしたち女性は、女のすることなすことを見張っているような男はまっぴらごめんですね。自由になりたいんですから」

「もともと毒づいたり、心にもないウソを言うことにかけては、男は女の半分の力もありません」

「わたしはわたしに借りがあり、なんでもわたしの言うなりになる夫をもちたいと思うのです」

「わたしが彼の妻であるかぎり、彼の当然受けるべき肉体的苦痛を彼に与えなくては承知しません。わたしは一生のあいだ、彼の体を自由にする権力をもっているのでして、夫のほうにその権力があるというのではありません」

ちょっと見ると、現代女性の吐きそうなせりふであるが、実は、いずれも六百年前の女の人のことばてある。そこまで言わなくてもすでにお気づきの読者も多いであろうが、これらは、いずれもチョーサーの『キャンタベリ物語』中、バースの女房のプロローグの中に見られるものである。

上の文章では残念ながらうまく出ていないが、原文はつらつとした語り口で説得力は充分である。もちろんここに見られる女権の拡張はあくまで外見上のことであって、真意は女性への当てこすりにある。ファブリオの女性批判の伝統を受け継いだものだが、そのアンティフェミニズムを男の口からではなく、女の口から、倒錯した形で表現しているところに新味が感じられる。アンティフェミニズムのコンテクストをしっかりふまえていないと、作者は女性の肩をもっているかのように読みかねない。フェミニズムもどきであるところが、諷刺としてよくきいている理由である。

諷刺とか皮肉は、一見していかにも真実であるような描写によって効果をあげる。どう見てもありそうにないような書き方では、諷刺になりにくい。諷刺とリアリズムがしばしば手法としてきわめて近いものであるのも、そのためである。

スイフトの『ガリヴァー旅行記』はその一例である。元来は政治諷刺であったこの作品が、そういう社会的文脈が風化するにつれて、写真の文学として読みなおされるようになった。そして、ついには児童文学にまで変貌する。

バースの女房に見られる女性への諷刺にも、同じようなリアリズムの調子が読みとられる。写実的であればあるほど諷刺はつよまることを、作者は知っていたに違いない。

女性の力を誇示する主題は、プロローグの中だけの虚構ではなく、それにつづくバースの女房の語る物語の中でも引き継がれている。すなわち、そこでは「女性がもっともつよく求めるのは何か」というテーマを出して、「夫や愛人に対する完全な支配」という答えを引き出しているのである。

ここにも、フェミニズムもどきのアンティフェミニズムが認められる。チョーサーにとってのアンティフェミニズムはむき出しの形をとらない。フェミニズムの仮面をつけて韜晦する。そこからチョーサー独特の皮肉なトーンが生まれる。

つまり、チョーサーはフェミニズム的主張という逆手によって、アンティフェミニズムの考えを出そうとした。しかし、その諷刺的コンテクストが弱まると、それにつれてアンティフェミニズムも衰弱して、しだいに字面どおりのフェミニズムに近づくことが可能となる。

長い間、チョーサーのバースの女房は、男性中心の社会的伝統の中で孤立した世界としてとらえられてきた。しかし、現代は事情が異なる。フェミニズムの思想が強くなっている。そのコンテクストが、バースの女房にも及ばずにはいない。彼女の言っていることが諷刺としてではなく、額面通りに解されるとき、チョーサーの女性が一転、きわめて新鮮に見えてくる。

もちろんチョーサーは、フェミニズムとは無縁である。ただ、そのアンティフェミニズムが仮面をかぶっているために、フェミニズムの視点からの読み換えを拒否していないところがおもしろい。もし、フェミニズムの思想をすこしでも予想することができたならば、チョーサーはバースの女房のような人物を描こうとはしなかったであろうと考えられる。すくなくとも、現在われわれが読むような形にはしなかったに違いない。

諷刺が成立しているすくなくとも一部の条件は、社会的なものである。もとの社会的条件を外したとき、諷刺や皮肉をリアリズムと区別することはかなり困難なように思われる。ここに、諷刺がリアリズムへ寝返りやすい事情がひそんでいる。寝返りのできない諷刺作品は、後世、存在の意味を失う。バースの女房のことばはそういうことを考えさせる。

活字の仮面

放送関係者の集まっている会合の席上、あるベテランが、番組でレポートをするときに原稿の扱いはどうすればいいのか、という質問を提出した。かつては完全な原稿を作り、それを暗記して放送するというのが普通だったが、それではことばの勢いが失われてしまう。それかといって、手ぶらで話してはまとまりに欠けたり、大事な点が抜けたりする心配がある。どうしたら、原稿があって、しかも生々しい語り口ができるようになるのだろうか。それがこの質問者の言いたいところらしかった。

専門家ならば、そんなことはとっくに解決しているだろうと漠然と思っていただけに、この発言はいささか意外であった。それと同時に、放送局の人びと、アナウンサーやレポーターの話すことばが整いすぎて、どこか冷たいわけがわかったような気がした。放送にも原稿があるのである。まったく手放しで放送することはできないのだとすると、放送はなお新聞の弟分であることになる。

さきの質問に対して、出席者からいくつかの意見が出た。原稿をつくり、頭に入れたら破ってしまえ、というのがあって、もっとも多くの賛同をえたようであった。しかし、いったんは書いてしまった原稿である。すててしまったからといっても、なお頭には文章が残っているに違いない。文章的発想からすっかり自由になるのは、困難であろう。こういう話し方は、語りと朗読の中間ということになる。いまの放送はこういう状態にあるのかと、興味をもってきいた。

要点だけをメモして、それをときどき見ながら自由に話すべきだという意見にも、賛成者がすくなくなかったが、細部が不安だという声もあって、原稿を書いてあとで破る、というほどには支持がなかったようである。さすがに、原稿を読むのがよい、という意見はなかったが、実際にはこれがもっとも多く行なわれているらしくもある。

この会合のときのことをあとで反芻していて、速記の印刷のことを考え合わせた。これは年来、頭の中にこびりついている問題である。

講演をする。このごろはたいてい録音される。その許可を求める主催者はだんだんすくなくなってきた。主催者だけでなく、聴衆も勝手にテープレコーダーをまわしている。ときにそれが奇音を発して迷惑である。おもしろくないのは奇音だけではない。テープレコーダー携帯の聴衆は、片耳でしか話をきいていないことだ。あとでテープをきけばいいという気持があるからだが、その〝あと〟が決しておとずれないのは、コピーした参考資料などがほとんど読まれないのと同じことである。

それはとにかく、忘れたころに、主催者のほうから、テープを起こして原稿にした、これを機関誌に掲載したい。ついては、原稿に目を通してほしい。急いでいる、恐縮ながらいついつまでに返送してくれ、と言ってくる。

それは困る。話したものは読みものにはならないのだということを説明するが、わかってくれない。いつもそうしているので、と前例で圧力をかけようとする。雑誌のスペースが埋まらなくては途方にくれる、と泣きごとをきかされることもある。

録音を文章化するときに、意味のない声まで文字にして、いかにも忠実なように思っているらしいことがあるが、話したことは決してそのままが原稿にはならない、ということを知らない人が多いために、講演を印刷する習慣がいつまでも続く。

ことばは録音できる。臨場感の空気は録音が困難である。文字では伝えられない。話としてきいたときは共鳴したものが、活字になったのを読むと、つぎつぎ疑問が出てくるということもある。

文字には、声のもっている実在感が欠けている。個性も希薄であるからこそ、文章ではスタイルということが問題になる。語りではむしろ、共通性を志向するレトリックが重んじられる。印刷は手書きの文字以上に、書き手の姿をあいまいにする。匿名のスピーチは考えることもできないが、印刷物では匿名、筆名、無署名の文章はごく古くから存在した。ジャーナリズムはそれを利用し、それに依存した様式である。

近代活字文化は、仮面をつけた発言者によって築かれてきたとしてよいであろう。われわれはそういうくぐもった声をきくのになれてきた。仮面をとったらとても言えないことが、活字なら平気で言える。批判ということは、活字文化でもっとも進歩した分野である。

同じ文字、文章でも、手書きと印刷では性格が異なる。手書きの文字は筆蹟という個性をもっている。署名が社会的に有効なのも、まさにそのためである。タイプライターが普及しても、署名が残っているのはおもしろい。印刷されたものは怪文書でありうるが、肉筆はなかなか無責任にはなりにくい。

日本語はこれまで、タイプライターになじまなかった。印刷以外は手書きが主であった。それだけわれわれの文章はパーソナルな色彩がつよく、反面、印刷信仰も大きい。

ところが、ワードプロセッサーの出現によって事情が変化した。音声と個性から絶縁した文章が、手軽に生み出される可能性が大きくなった。これが逆に音声の個性への関心を高めるきっかけになるということも考えられる。

海と空

いまは言わなくなったが、以前、飛行機に乗るたびに妙なことを聞かされた。

「コウホウケイキに支障をおよぼすおそれがありますので・・・」

携帯ラジオの使用を遠慮してほしいというのである。ラジオを使ってはいけないというのにひっかかったのではない。コウホウケイキがわからない。あれこれ漢字をあててみるものの、どれもぴったりしない。すぐ頭に浮かぶのは後方だが、飛行機の機械は前方にたくさんあるはず、後方の計器にだけさわるというのは不可解で、どうも違うらしい見当はすぐついた。それではコウホウとは何か。

やっとのことでたどりついた推測が、航法計器であった。航空関係者にはわかり切ったことばなのであろうが、乗客にぶっつけられては迷惑である。ひそかに腹を立てたが、同時に、航空がことばの上では航海の子であることを気づかされたのは、思わぬ収穫であった。

航空というのがそもそもそうである。いまどき舟へんのついた航の文字に目をとめる人はない。海路に対して空路、(海)港には空港という具合になっている。そこへもってきての航法で、これは汽船と飛行機が同じことばを使っている。航空文化と海洋文化とはパラレルにとらえられていることがわかる。

そんなことをぼんやり考えているうちに、イギリスの海のことが頭に浮かんだ。海に囲まれたイギリスにとって、海洋が重要な意味をもっているのは当然であるが、文学にとってもきわめて大きな影響を及ぼしている。そのことをもっともはっきり教えてくれたのは、G・H・メアの『近代英文学』であったと思う。ことにイギリスのルネッサンスの特色のひとつとして、海洋を通じて世界へイギリス人の目がひらかれたことをあげているところが、目をひく。イギリスのルネッサンスには、どこか潮風が吹いているというわけである。シェイクスピアの『ヴェニスの商人』などが思い合わされる。

歴史のほうでは、G・M・トレヴェリアンの『英国史』のはじめのところに、イギリスにとっての海岸のもつ意味をのべていたと記憶する。さらに彼の『英国社会史』では、一歩進めて、イギリスの文化の性格を規定するのに、海に囲まれているという地理的条件をもち出して、それを〝アイランド・フォーム〟と呼んでいるのである。島国的ということであるが、アイランド・フォームには島国的のもつ否定的な含みがなく、中立的な概念である。

しかし、アイランド・フォームが一種のナショナリズムであることもはっきりしている。同じような地理的環境におかれている日本のわれわれにとっても、文化のアイランド・フォームは見すごしにできない問題であろう。

フランスのドゴールがかつて、イギリスはヨーロッパではない、という発言で世界をおどろかせたことがあるが、そう言われるのも、ドーヴァーで大陸と一線を画しているからである。アイランド・フォームをつよくもっているイギリスに対する、大陸諸国の潜在する意識を代弁していたと見ることもできる。

たしかに、海は外部から孤立させる作用をもっているが、それだけではない。むしろ、思いがけない遠隔地と海路によって結ばれる。往時、航海はしばしば陸路よりも容易なルートであったのである。

イギリスへ、北欧的なものと地中海文明とがともに流入してきたのも、海で隔絶されながら同時に結ばれていたからである。アイランド・フォームの文化の社会では、海外から流入する多様な文物を内で熟成させて独自の調和にみちびく。それがたとえば英国風となる。

ところで近年は、旅行の方法に大きな変化がおこっている。航空機の普及発達である。鉄道がこれから影響を受けるのは当然であるが、外国旅行はほとんどすべて空路によることになった。島国にとって、これはきわめて大きな意味をもっていると考えられる。海に囲まれた国にとって、外国はいつも海外であった。外国へ行くには港から船に乗るほかない。陸続きの外国をもっている国とは、大きく事情が違う。

ところが、外国へ行くのに航空機によるのなら、島国であろうと、陸続きの外国のある内陸国であろうと、異なるところはない。空路による旅行、交易がふえるにつれて、島国の実質は消滅することになるはずである。しかし、人間の思考は保守的だから、なかなか技術のようには変化しないで、海外、overseas ということばを使っている。空と海とがパラレルであるなら、海外に対して、空外という考えとことばがあってしかるべきだが、そういう無様なことばはまず生まれまい。

これまで日本もアイランド・フォームの社会であった。外国は海のかなただと感じてきた。最近は年々五百万をこえる人が空路外国へ行く。こういう旅行者にとって外国は海の向こうではなく、空のかなたに存在するのではあるまいか。形而下的には日本は島国でなくなった。だとしたら、文化的にもアイランド・フォームを脱しようとしているのだろうか。このごろ国際化ということばがまた一層目につくようになった。

V

語り部シェイクスピア

新聞の夕刊に、いまわが新劇界はシェイクスピア・ブームで、どの劇団も競ってシェイクスピアをとりあげ、どこも稽古に大わらわだという記事があって、具体的にどこが何をやるかが紹介されていた。

シェイクスピア劇に人気があるのは何も昨今に始まったことではない。ずっと前から静かな高まりはつづいている。そう言っては悪いが、かならずしも芝居としておもしろいかどうか疑問なような舞台もすくなくない。はっきりつまらないと思うこともある。それなのにシェイクスピア劇なら客が集まるのは不思議と言えば不思議だ。ほかの新劇がそれほどおもしろくないということかもしれない。翻訳された芝居は何であれ、おもしろくてたまらないということがあるはずがない。退屈なのは覚悟の上である。そんな中にあってシェイクスピアはどこか違うのであろうか。理屈はとにかく人気がある。しかも何年もつづいている。やはり、何かあるに違いない。偶然といって片づけることは難しい。

そう言えば先年までの世界文学全集ばやりで、たしか、第一回配本に『ハムレット』をもってくるという思い切ったことをした出版社があった。出したほうでは充分の計算があってのことで、決して〝思い切った〟ことをしたとは思わなかったであろう。読者の好みを読んでの上の手である。

戦前なら世界文学全集の刊行をシェイクスピアで始めるというのは夢にも考えられないことであったに違いない。それがいまは可能なのである。

シェイクスピアばかりではなく英文学作品が日本人にアピールするようになったらしいのは注目に価いする。たとえば、エミリ・ブロンテの『嵐が丘』が戦後になって急に読まれるようになり、戦前からの翻訳がどんどん売れ、新訳も続々あらわれた。文学全集を『嵐が丘』でスタートすることも決して暴挙ではないのである。

それなら大学の英文科もこれまで以上に魅力あるところになっているかというと、これが必ずしもそうではないからおもしろい。むしろ、英文学、アメリカ文学の研究はすこしずつかつてのプレスティージを失いつつあるかに見える。すぐれた学生を吸収する力も弱まっているのではあるまいかと思われる。もはや文学科の中心的存在ではなく、ようやくかつての栄光をつなぎとめているのは大きな門戸の構えだけであるという見方も可能である。

大学の英米文学が退潮気味にあるのに社会で人気があるのはいかにも皮肉である。

大正期に入って学校における英語英文学研究の体制が確立するとともに、社会の一般読者の前から姿を消した英文学は教室の中へ納まった。それから五十年、教室においてはかならずしもおもしろくなくなったのが、こんどは大学の門を出て市井に訴えるようになったのであろうか。

ブロンテ姉妹の小説が読まれるようになったのは新しい女性読者の増加と無関係ではないが、いまここではこの点について考える余裕はない。

どうしてシェイクスピアに人気があるのかわからない。わからない問題は解決を迫る。放ってはおけない。

シェイクスピアの作品を読むと全体にどこかのびのびしている。たとえていえば、いつもそよ風が吹いているといった感じである。そういう開放的な印象の原因を空間構成の角度から考えてみたことがある。

まず、場面設定に野外、戸外が多い。「荒野」「フォレス近くの陣営」「同荒地」といったのが『マクベス』のはじめのシーンである。やっと建物の中へ入るかと思うと、「マクベス居城の前」である。城の中へ入ることをしないで、その「前」で芝居が進められる。オープン・エアのドラマである。これが広々としておおらかな舞台の感じにつながるのであろうと解釈する。

ところが、このごろ、それだけではなく、ことばの問題もからんでいる。それどころか、主としてことばによる印象であるに違いないと考えなおすようになった。つまり、話しことばの闊達な世界ということである。

演劇が耳のことばによることは当然すぎるほど当然なことだが、シェイクスピアのような古典ではテクストを読むことが多いために、ともすれば、聴覚の世界が見落とされがちである。耳のことばには絵画的パースペクティヴの構造はない。より多元的で開放的である。演劇は本来、声の芸術である。

そういうシェイクスピアの作品が十八世紀から始まった印刷文学革命に遭遇して危機的局面を迎えることになったと想像される。耳のことばの芸術が目のことばの芸術に〝翻訳〟されなくてはならなかった。シェイクスピアは近代文学の中で史部《ふひとべ》と同じ歌をうたう必要に迫られたのである。それが語り部のシェイクスピアにとってどんな大きな歪曲になるかということを史部的な近代人は同情することすら知らなかった。そしてそれはまた、シェイクスピアに限らず演劇そのものを近代において衰弱させることにもなった。史部的演劇ではレーゼドラマといった小さな新ジャンルを生むのがせいいっぱいである。

このごろの若い人はテレビで育ったから本を読まなくなったと言われる。それはそうかもしれないが、目のことばにしか価値を認めなかった旧人と違って、耳のことばには敏感に反応するようになってきたのも事実である。詩の読者がふえた。対談、座談会のファンも多くなっている。そういう人たちは以心伝心、語り部シェイクスピアのことばに共鳴する。翻訳という足かせをつけていてもなお、その大らかな世界のおもしろさを嗅ぎ分けるのかもしれない。

史部的社会につき合ってきたシェイクスピアの二百五十年の歴史はそろそろ終わりを迎えようとしているらしい。それはもっとも外縁に位置する外国文学翻訳読者によってもいち早く感じられているように思われる。二十世紀のはじめから歴史主義的批評の人たちは、シェイクスピアの舞台をエリザベス朝のそれに戻そうという主張をした。それは大道具、小道具のうるさくなった近代劇の舞台からもとの広々とした舞台へシェイクスピアを返すことに一部成功しはしたものの、内質の問題として、目のことば化したものを耳のことばへ還元することはなされないままで終わった。語り部人間が多くあらわれている現代において耳のことばによるシェイクスピア理解が思いがけずも可能になった。

もっとも、シェイクスピアはまったく耳のことばだけによっていたのではなく、相当、目のことばをも考慮に入れていたと思われる痕跡がある。たとえば、ラテン系の語とアングロサクソン系の語とを併用する語法がそれである。ラテン系の語は大体において目のことば、アングロサクソン系の語は耳のことばになる。一例をあげれば“will and testament”がある。同じ意味の語を重ねて、目と耳の双方に訴えることをねらっている。

かつて学生のとき、福原麟太郎先生から教室でこういうのを警視庁読みというのだと教わってたいへん新鮮に思った。「此処塵芥棄てるべからず　警視庁」の横に「ここへごみをすててはいけません」というルビを振った立札を警察が立てたところからの名称である。これは耳と目のどちらからでもわかる表現で、警察の権威は耳のことばだけの平明さをいさぎよしとしない、それかといって、庶民に布令の趣旨が徹底しないのも困る。苦肉の策として二重読みを考えた。

多元構成の観客のご機嫌をとり結ばなくてはならなかったシェイクスピアもこれと似た立場におかれていたと考えることができる。警視庁読みというのは言い得て妙。

これに関連して『平家物語』でおもしろい表現にぶつかった。巻七の終わりのところに、

…袖に宿かる月の影、千草にすだく蟋蟀《しっしゅつ》のきりぎりす、すべて目に見耳に触るる事の、一つとして、あはれを催し心を傷ましめずと云う事なし。


という文章がある。問題は蟋蟀で、「しっしゅつ」というのは目のことばの読みである。語られた平語をきく人には何のことかわかりにくい。それでこれを耳のことばにおきかえて「きりぎりす」とつづけた。まさに警視庁読みである。『平家物語』もまたシェイクスピアと同じく耳目連動の世界であったことを示している。

『平家物語』を角川文庫で読んでいたのだが、ここに注がついていて、「漢籍を読むのに漢字の音訓を共に読んだ両点読をそのまま書き下したもの。文選読ともいわれる」とある。漢籍もまた

耳のことばに訴えるために同じ工夫をしていたのかと興味深かった。

二重読みの問題はこのようにシェイクスピアにも『平家物語』にも警視庁の立て札にも行なわれていた。それが近年姿を消していたが、新しい語り部読者が発生したために、ふたたび脚光をあびようとしている。このごろ若い人たちのむさぼり読むマンガ本では漢字にすべてルビが振ってあるのは、それへ向かう第一歩として注目してよい。

もちろん現代人も完全に語り部になったわけではない。なお文字と文章に依存するところがきわめて大きいが、印刷文学以前は語り部によって語り部のために作品が作られていたのだということを改めて考えるべきである。語り部シェイクスピアが史部の近代においてもなおあれだけの崇拝をほしいままにしたのはその大才を証して余りありというほかはなく、語り部だけでなく、史部をも満足させるところを備えている点を見落としてはなるまい。

年上の女

シェイクスピアの作品を注意していると、あまり純情可憐とは言えない、そのかわり、才気煥発で、口も達者だという女性があちらでもこちらでもあらわれて来る。

こう言うと、すぐ『じゃじゃ馬馴らし』の〝じゃじゃ馬〟（シュリュー）ことカタリーナが連想されるであろうが、カタリーナだけのことではない。『ヴェニスの商人』のポーシャにしても、どうも夫になるバッサニオにおとなしく仕え、その言うなりになっている奥さんといったタイプではなさそうだ。『マクベス』のマクベス夫妻も、夫人のほうが気丈である。夫人は夫には〝人情のミルク〟が多すぎるのだといって、決断に手間どっているのを歯がゆがっている。『アントニーとクレオパトラ』のアントニーはクレオパトラに翻弄されているとすら言ってよかろう。『お気に召すまま』のロザリンドも、相手のオーランドーに決して負けてはいない。『十二夜』のヴァイオラ、オリヴィアの二人の女性にしても、やはり才女型である。『むだ騒ぎ』ではベネディクト対ビアトリスの舌戦が圧巻だが、ビアトリス嬢はベネディクトに対して一歩も譲らない。おもしろいことに、この舌戦の部分は、バンデルロの原話にはなくて、シェイクスピアの独創にかかるものだとされている。

このように、シェイクスピアの一群の女性は、組まされている相手の男性にすこしもひけをとらない、口八丁手八丁という印象を与えるが、そればかりではなく、年も男よりいくらか上ではないかといった感じである。シェイクスピアの描いた女性には、弁舌さわやかで男より年上らしい女が作品の間に見えかくれしながら一つの系譜をなしているように思われる。

いったん、こういう年上の女の系譜を認めると、その縁者とみられる女性がつぎつぎ注意されるようになる。『ソネット集』の黒髪の貴婦人は詩の中だから芝居の中とはちがってもの言わぬ絵のような存在だが、どこかこのタイプを連想させるし、『夏の夜の夢』の中の四組の男女、シーシウスとヒポリタ、ライサンダーとハーミア、ディミートリアスとヘレンナ、オベロンとタイテイニアの中の女性（各組の後者）は、いずれもこの年上の女のカテゴリーに属していると言えよう。『リア王』の三人姉妹、ゴネリル、リーガン、コーデリアのうち、姉の二人はあきらかにペティコート・ガヴァメント（女天下）であるし、末のコーデリアにしても、読者や観客が願うほどには可愛気がなく、小理屈を言う、ちょっとくせのある性格をのぞかせている。

女はかよわく、男に大事にいたわられて、口数もすくなく、胸には思っても口には出せず、じっーとこらえて――そういうロマンティックな女性観は、シェイクスピアの作品の中には通用しないように思われる。この点では、『ロミオとジュリエット』のジュリエット、『オセロ』のデスデモーナ、『あらし』のミランダなどは、シェイクスピアの描いた女の中では、もっとも女らしい女性であるけれども、それでもなお、近代小説などの女主人公に比べると、総体的にあらわにすぎる感じはぬぐえない。やはりロマンティックでない。シェイクスピア劇を支えている女性観には、ロマンティシズムでないなにものかがなくてはならない。

シェイクスピア劇中の女性については、古典的著作としてジェイムズソンの『シェイクスピアの女主人公たち』があるが、これは、人物を知的性格、情熱的性格、愛情型性格、歴史的性格などに分類して説明しただけのもので、これらを貫く見方については全く関心を示していない。これと対照的なのがフランク・ハリスの『シェイクスピアの女性』で、シェイクスピアの創り出した女性は要するにシュリュー（じゃじゃ馬）タイプのバリエーションにすぎないという図式を大胆、痛快に主張したものである。

ハリスは『じゃじゃ馬馴らし』のカタリーナを原型に擬し、これにいくらかでも類似の女性を初期の作品から順次ひろい上げていって、それらの性格に展開が見られることを指摘し、カタリーナに至って完成すると論ずる。今日では、このハリスの立論をまじめに考える人はすくないであろうが、シェイクスピアの女性が男性に対して、どことなく庇護的な立場にあるというような所見は有益であり、注目すべきものである。

ハリスの問題提起はおもしろいのだが、その説明の方法としてもち出したのが、妥当でなかった。すくなくとも今世紀のこまかくなったシェイクスピア研究者の好みには合わないものである。そのために、問題それ自体が、ジャーナリストのゴシップ趣味を出ないものとして抹殺されてしまわなければならなかった。

口の悪い、がみがみ言う年上の女性のモデルを、ハリスはシェイクスピアの謎の伝記の中に求めようとしたのである。シェイクスピアは八歳年上のアン・ハサウェイと結婚したことになっている。結婚後、これもくわしいことは一切わからないが、故郷のストラットフォードをすてて、単身、ロンドンへ出たらしい。それでは夫婦仲がうまくいっていなかったのだろうという想像をしたくなるのが人情である。ハリスは、シュリュー・タイプとこの年上のシェイクスピア夫人とを二重写しにして、作中の女性をかたっぱしから、アン・ハサウェイの変身ときめてしまった。すこし乱暴なやり方だと言わざるを得ない。

作者が自分の生活体験そのままを、あるいは、痕跡歴然たる形で作品の中へもち込むようになったのは、比較的近代になってからの文学的慣習であると考えてよいであろう。シェイクスピアの時代、しかも観客に見せようという芝居の中で、自伝的要素がむき出しにあらわれているというのはどうも考えにくいことである。そればかりではない。ハリスのように、文学研究者の側で、作品に描かれているところと作者の伝記的事実とをごっちゃにして考える考え方も、主として十九世紀以降の文学研究の産物であるとしてよいのである。

もし、この問題をシェイクスピアの伝記的要素によって説明しようとするのであれば、当然、エリザベス朝の女性一般の社会的地位がどんなものであったかをも考慮に入れるべきだったであろう。G・M・トレヴェリアンは『イギリス社会史』の中で、中世末期のイギリスの結婚が愛情を基礎としたものではなく、財産や地位によってきめられ、ことに女性は人格はもちろん、ときには人権すら認められぬこともあって、夫が妻を家畜のようになぐることすら珍しくなかったとのべている。その中世と隣り合わせのシェイクスピアの時代のことであるから、事情は大して変わっていなかったと想像される。同じ『イギリス社会史』が十八世紀になってもなお、大部分の結婚が男女の愛情という〝ばかばかしい情熱〟なしに行なわれていると記していることからも、ほぼ見当がつけられる。十六世紀では、相愛の仲の男女が結婚するということは現実の世界ではむしろ異例のことだったのである。ロマンティックな恋愛結婚とは無縁であったと考えてよい。

シェイクスピアの作中にシュリューがあらわれることを説明するのに、作者が年上の女を妻にしていたという伝記的事情を援用するくらいならば、いっそのこと、当時の結婚や夫婦の間が非ロマンティックな考え方に立脚していたという、より一般的で信憑性も高い歴史的説明の方をとるべきであったと思われる。しかし、歴史的背景によってのみ作品の解釈を試みるのは、伝記的解釈と同じく、やはり、現実と虚構の世界を混同する誤りを犯すことになる。

シェイクスピアの作中に見られる女性の問題は、アン・ハサウェイによっても、また、当時の非ロマンティックな女性観、結婚観によっても完全には解決しない面をもっていることを見落としてはなるまい。その一つは、問題の女性が、年上の女で口達者で、すこし無理をすればシュリューと呼べそうな性格でありながら、多くは結婚に終わる恋愛をしていることである。これが、当時の社会的背景からも、作者の伝記的事実からも説明しにくいのは、すでにのべたところから察せられるであろう。

また、当時、一般の男女の間では、女性の地位が男よりもずっと低いとされていたのにもかかわらず、シェイクスピアの女性が男性に対して庇護的な態度をとることがあることも注目されなくてはならない。

シェイクスピアの時代、女優というものは存在しなかったので、女役は声変わりしない前の少年が演じる習慣であった。そうであれば、若い女役は演じやすいが、年輩の女性はこなしにくいことになる道理である。現に、シェイクスピアには、舞台上に父親があらわれて母親のいない芝居がいくつもあるが（『リア王』『お気に召すまま』『あらし』『オセロ』などなど）その理由の一つとして、母親役を演ずる役者が得にくかったであろうという事情が考えられるのである。（この母親不在の問題は次の項でのべる。）少年の演ずる女役は若ければ若いほど好都合なはずである。それなのに、男よりも年上らしい女がくりかえしくりかえしあらわれるには、それなりの理由がなくてはならない。

　それかと言ってハリスのような伝記的解釈は無理である。歴史的背景によってもすっきりした説明は得られない。それではいったい、シェイクスピアが才女タイプの年上の女を作品の中で見えかくれに出没させていることを説明できるものは何であろうか。

　エリザベス朝をイギリス・ルネッサンスの最盛期と見る文学史的常識が、実際以上にシェイクスピアを近代的にしてしまっているきらいがないであろうか。シェイクスピアの世界はまだ多分に中世的であった。その男女の関係も十八世紀以降の、したがって、今日に及んでいる慣習とは大きく違ったものであったと考えられる。シェイクスピアの考えていた恋愛がどれもこれも『ロミオとジュリエット』の中のようなものであったと考えるのは、近代の眼鏡でエリザベス朝を見たときの錯覚である。『ロミオとジュリエット』がむしろ例外的なのである。

　シェイクスピアは当然のことながら十八世紀も十九世紀も現代も知らない。そういう後世の女性観をシェイクスピアへもちこむことは戒めなくてはならないのである。しかし、彼はチョーサーは知っていたはずである。チョーサーの描いたバースの女房は十四世紀のシュリューであった。『キャンタベリ物語』の中で、チョーサーは、世の中で何が情ないといって、雨もりとがみがみ言う女房にまさるものはないとも言っている。ここにもシュリューの姿がみとめられる。バースの女房はフランスのファブリオーの伝統をついだものだというが、ファブリオーは女性に対する辛辣な諷刺を特色とする文学であった。ファブリオー文学の中の女性像がシェイクスピア劇の中へもいくらかは残曳を及ぼしていたとは言えるのではないか。

また、中世にはコートリ・ラヴ（宮廷恋愛）のコンヴェンションがあった。これは、既婚の婦人と若い男性の秘められた恋愛の形式で、詩歌の世界だけの絵空事であるが、ヨーロッパ全土に強い伝統の根をはって栄えたものである。コートリ・ラヴでは、女性は男性よりも年上であることが望ましく、男性に対して庇護的な態度をとることが珍しくない。チョーサーの『トロイルスとクリセイデ』はこの宮廷恋愛である。同じ題材を扱ったシェイクスピアの『トロイラスとクレシダ』は、宮廷恋愛ではなく、クレシダが未婚の乙女になっている。この点ではシェイクスピアは、中世風のコートリ・ラヴの伝統をはなれて、近代的ロマンティック・ラヴの伝統に移っていることを示している。

シェイクスピアには宮廷恋愛の描かれている作品は一つもない。ということは、恋愛形式上はシェイクスピアは一応近代的であったという意味になる。ところが、その作中で動いている女性のほうにはなお宮廷恋愛的中世の残照がつよく及んでいたのではないかと思われる。

そして、シェイクスピアの作中女性が口数多くしゃべるのは、当時、修辞学がきわめて人気のある学問であり、シェイクスピア自身も熱心に勉強したこと、とくに、一般の人びとの間にことばの技巧をよろこぶ風潮がつよかったことと無関係とは言えない。観客のレトリカルなせりふに対する嗜好は女役をも無口にしてはおかなかったであろう。それがレトリックが衰えた後世の、目は口ほどにものを言う女性になれた感覚からすると、エリザベス朝舞台の女性を実際以上に多弁で男を男とも思わぬ性格と感じさせるのかもしれない。

とにかく、バースの女房に認められるシュリューと、宮廷恋愛の世故にたけた年上の女性とを重ね合わせると、ここで問題にしている年上の女の像が浮かび上がる。シェイクスピアの描いた女性には、この中世的文芸のコンヴェンションが影響していると思う。

もう一つ付け加えておきたいことは、当時、イギリスの文人の頭に宿っていたに違いない理想化された処女王エリザベス一世のイメジが、シェイクスピアの筆にも影を投げかけていたのではないかということである。これが、宮廷恋愛の伝統と同じように、現実の力としてではなく、むしろエリザベス朝における一つの神話として、作品の中の女性像に影響しているというのは考えられないことではあるまい。

以上は、しばらく前に考えたものだが、ノートのまま放っておいたところ、たまたま、オックスフォード大学のデイヴィッド・セシル教授の『読書の芸術』でこの問題に簡単ながら言及があるのを見つけ、少し元気が出て活字にしておくことにした。

ついでにセシル教授の意見をエピローグとして紹介すると、教授もシェイクスピアの女性が男性よりも一枚上手であることを指摘しているが、それを当時の世相の反映と考えている。エリザベス一世やスコットランドのメアリ女王の君臨した時代に身分のある女性が男におとらぬ見識をもっていなかったと思うほうがおかしいくらいだと言うのである。

私見の最後の部分と似ているのは心強いが、私としてはかなりはっきりしたニュアンスの差を意識する。

母親不在のシェイクスピア劇

シェイクスピアの作品を推定創作年代に沿って読んだことがあったが、四大悲劇や有名な作品だけを読んでいるときとははなはだ違った印象があっておもしろかった。それ以来、私は、一人の作家の作品をどういう順序で読むかによって、作者とひとりの読者の関係は決定されるのではないかとさえ考えるようになった。それはともかくとして、シェイクスピアの若い時からの作品を年代順に読むと、芸術家には、たしかに芸術的成長というものがあることを実感する。お人形のように思われた性格が数年後と思われる作品では、ずっと豊かな肉づきのある人物に生まれ変わっていたりする。人間関係も、はじめのうちは、形式的であるが、やがて人間的ふくらみを感じさせるようになる。そういう芸の力が、シェイクスピアの世界を一作ごとに新しい境地へ引き上げていっている。しかしそういう展開をつづけているにもかかわらず、作者にいつもついて廻っているのではないかと思われる共通面のあることも事実である。

はじめに述べたようなシェイクスピアの読み方をしているうちに、おかしなことが気になり出した。母親がいない、ということである。誤解されるといけないから補足すると、父親があるのに、不思議と母親のいない娘が、しばしば作品にあらわれることに、気づいたのである。父―娘、この関係は、どうも母親を必要としないように思われる。なぜであろうか。こういう素朴な疑問であった。

『じゃじゃ馬馴らし』のカタリーナはバプティスタの娘だが、母親がいない。『夏の夜の夢』のハーミヤも父はあるが、母の姿がない。『ヴェニスの商人』では、ポーシャは亡父のことは言うが、母親のことは言わないようであるし、ユダヤ人、シャイロックにはジェシカという娘はあるが、ジェシカにとっての、母親はいない。『むだ騒ぎ』も父―娘の人物図式であるし、『お気に召すまま』では、シーリア、ロザリンドという二人の若い女性とも、それぞれ父親はあるが、母のことはさっぱり出てこない。『ハムレット』のレアティーズとオフィーリアにはポローニアスという父親はいるが、母親のことは一度も出てこない。『オセロ』の女主人公デズデモーナも父親だけしかわからない。『冬の夜ばなし』も父―娘である。このように父―娘の関係が認められるところでは、いずれも母親は作品にあらわれないか、あるいは、存在が不明瞭にされているのである。

母親不在のもっとも著しい例は『あらし』と『リア王』であろうか。『あらし』の世界は、父プロスペロ、娘ミランダのあたたかい親子の情が支柱になっている。ミランダの母親はいない。

亡くなっていて、ミランダは幼いときから父の愛情で育てられたことになっている。『リア王』はご承知のとおり、ゴネリル、リーガン、コーデリアの三人の姉妹と父リア王の悲劇であるが、あれだけの親子の悲劇、葛藤の間においてなお、母親に当たる人への訴えのせりふがきかれない。これは驚くべきことであると言ってよいのではないか。読者は母親を意識させられない。そういうふうに書かれているのではないかという気持を抱く。

現実世界の家庭においては、両親そろっているのが常態である。それなのにシェイクスピアの表象された世界の中では、その自然な家族構成のパタンが崩れているのである。なぜか、これが私の疑問である。興味あることは、自然普通の家族図式がゆがめられていることを、われわれが読者として、それほど意識していないことである。それは、この疑問を示すと、多くの人びとがむしろ驚くことによっても裏付けられるのである。また、私の知る限りでは、この疑問を扱いそれに解明をあたえている研究もないようである。研究者にも気づかれないでいたとすれば、ほとんどの人びとによって意識されていないことを示すものである。もし、母親不在の作品に母親のイメジを新たに入れたとすれば、それは作品の雰囲気を大きく変化させそうである。

この文章は、その答を書こうとするのが目的ではない。この漠然とした印象、童話的な疑問を、もうすこし洗って見て、その正体をはっきりさせることである。言いかえれば、これはどういう面から見て疑問になるのかを考えて見たいのである。

「一万の心をもったシェイクスピア」などと言われるのは、作風の変幻自在なことに注目してのことばであるが、別な観点に立てば、多くの作品を通じてくりかえし見られる戯曲構成の道具立てが認められるのである。難破したと思っていた人物や財宝が、実は無事であったり、似ている者同士のあいだにおこる人違いなどはそういう道具立ての例である。

こういう劇の組立についての類型ということは、コンヴェンションの芸術としての演劇においては当然である。時代の約束になっている形式を前提にしないでは、大衆を計算に入れた演劇の様式は成立しないと言ってよい。ここに提出されている母親不在の疑問も、そういう時代のコンヴェンションによって説明し尽くされるであろうか。どうもそうは考えられない。なぜかと言うと、普通はこれが意識されないほどに、母親がいないことは積極的に機能していないからである。また、一方では、レアティーズ、オフィーリアにとっては母親が不在であり、同時にハムレットには母親がいて、重要なはたらきを示している『ハムレット』の例を見れば、母親の欠けていること自体に意味は認められないことが了解出来る。

*

ついで考えられることは劇団との関係である。シェイクスピアは今日でいう座付作者に当たるものであったらしい。役者は当時もいくらかずつ得意や専門があったが、シェイクスピアは自分の属した劇団の座員の個性、特長をよく知っており、それにうまくあてはまるような芝居をつくっていたと考えられる。さらに、当時は女の俳優というものはなかった。少年が女形として扮していたのである。これは母親不在と関係して来そうである。

女役、しかも、母親の役にふさわしい年輩の女の役をこなせる少年役者はあっても、劇団の中ではごく限られた数であったと思われる。若い女ならば少年によって容易に演じ得られたのに対して、母親がこなしにくいことは想像できる。しかし、そういう事情にもかかわらず、芝居の筋が必要とすれば、母親は作中にあらわれているのである。ときには老女さえも演じられている。(『ヘンリー六世』『リチャード三世』『ロミオとジュリエット』など。)

もし女のふけ役を演ずるのは困難だからというだけの理由ならば、登場人物としては、出なくても、せりふで言及するなりして、充分人物を浮き上がらせることは、シェイクスピアの筆力をもってすれば出来たはずである。たとえば、『リア王』において、コーデリアの役は重要である。しかし、実際にコーデリアの登場する場面は非常にすくない。はじめにちょっと、それから終わりにちょっとしかない。それでいて不思議と芝居のあいだ中ずっとコーデリアの存在を感ずるようになっている。こういうことは、もし必要であれば、母親役の人物についても行ない得ることであったと思われる。また、当時は必要ならば、ひとり何役かの早変わりも行なわれていたのであるから、適当な俳優がいない、やりにくい役だというだけでは、作品の中から、母親が姿を消す理由にはならない。

以上のようなわけで、女形としての少年役者という事情だけではこの問題は片づかないが、各作品の登場人物を見ると、女の役は、どの作品においても一定数を超えていない。それを考えると、女の役がこなしにくいことと母親不在の結びつきにはなお、可能性が残るものといわなくてはならない。

*

もう一度問題そのものへ立ち帰って見る。母親がいないと、父子の家族になる。その父と子の関係が、父と息子よりも、父と娘の線がつよく感じられるのである。また、母親のあらわれるわずかな作品の中では、母―娘の関係はすくなくて、母―息子の線がつよいのである。『ハムレット』の母クィーンとハムレットを典型とし、『終わりよければ総よし』の母親とバートラム、『ヘンリー六世』の王妃マーガレットと王子などがその例である。

父―娘、母―息子の対角線的とり合わせにはなにか幾何学的まとまりある構成の美しさがあるようにも感じられる。とにかく、両親と子供という普通の家庭のイメジは、シェイクスピアの演劇世界においては、母親のあるなしにかかわらず破られていることになる。芝居は何も普通の家庭を写すためのものではなく、ドラマティックな世界というのはむしろ異常な家族関係を描くものであるとするならば、自然な家族構成が無視されていても驚くに当たらない。作品にあらわされた人間関係の図式は、ドラマの必要という網によって掬い上げられ、概念化されたものである。それでは、ドラマティックな状況として、父―娘、母―息子がほかの形よりいっそう重要であるのはなぜかという新しい疑問が生じて来る。これはまた別の問題である。

シェイクスピアの描いた親子関係は、常識的に見て欠けたところがある。欠けているかいないか、という判断は主観的になり易い。自分に好都合なように解釈する危険がある。現に、『ロミオとジュリエット』では両親が揃っているではないかと反駁されるであろう。それで念のために個々の作品のプロットに当たってみる。その結果、両親の揃っている子が見られるのは、いまの『ロミオとジュリエット』のほかには『間違いつづき』くらいであることが明らかになる。『ハムレット』に主人公の両親がいるとは言えないであろう。

プロットからの大体の判断ではなく、もっと内部に立ち入って考えるに、せりふの中で用いられている父母息娘をあらわす語の頻度を見るのも一法である。舞台において、人物関係をあらわすには、せりふであらわすほかはないのであるから、親子関係も、せりふに出てくる father, mother, son, daughter によってある程度わかると思われる。われわれが母親不在の印象をうけるとするならば、それは mother がせりふの中ですくないことによっても傍証されなくてはならない。また、父―娘の関係がつよいと思われる作品では、それを示す father, daughter という語が多くなくてはならないわけである。

これを見るのにシェイクスピアのコンコーダンスを当たった。各語のあらわれる箇所の総数をとってみると、もっとも多いのは father で九七三回、つぎは son の六六〇回、daughter の四六七回、もっとも少ないのは mother の三七九回である。これによって、母親不在の印象は数字的にも肯定される。ただ、父―娘の関係は、右の数字からただちには導き出されないのであるが、それについては、もう少し細かく個々の作品について検討したほうがよいであろう。それで、煩雑になるのをいとわず、全作品（詩篇は除いて）にあらわれる四語の頻度を一覧表にすると、つぎのようになる。（配列の順序はコンコーダンスの記載順によらず、初期から後期への推定創作年代順である。）

（作品名）	daughter	son	father	mother	型
『ヘンリー六世二部』	九	二一	二〇	八	一
『ヘンリー六世三部』	八	五一	七六	八	一
『ヘンリー六世一部』	一一	一四	三三	一四	一
『リチャード三世』	二五	四六	二九	四七	二
『間違いつづき』	〇	八	二	二	×
『タイタス・アンドロニカス』	五	六七	三九	二五	一
『じゃじゃ馬馴らし』	三二	二五	六一	二	三
『ヴェローナの二紳士』	一〇	六	二三	五	三

『恋の骨折損』	五	二	一六	三	三
『ロミオとジュリエット』	一七	一五	二五	一三	三
『リチャード二世』	〇	三二	一七	八	一
『夏の夜の夢』	二	三	一二	三	一
『ジョン王』	三	三四	二九	三二	二
『ヴェニスの商人』	二一	九	二九	六	三
『ヘンリー四世一部』	三	二二	三一	四	一
『ヘンリー四世二部』	三	三一	四三	一	一
『むだ騒ぎ』	三一	六	一六	三	三
『ヘンリー五世』	九	七	二〇	四	三
『ジュリアス・シーザー』	一	六	二	六	×
『マクベス』	一	一一	一三	六	一
『十二夜』	三	三	九	二	×
『ハムレット』	一六	一一	六二	三四	三
『ウィンザーの陽気な女達』	一五	六	一七	八	三
『トロイラスとクレシダ』	七	一四	一五	七	一

『終わりよければ総よし』	一五	三〇	二三	二四	二
『以尺報尺』	四	三	一八	二	一
『オセロ』	一四	一	一九	四	三
『リア王』	五六	二三	七二	七	三
『アントニーとクレオパトラ』	一	六	九	二	×
『コリオレーナス』	七	二七	九	三六	二
『アセンズのタイモン』	三	四	五	三	×
『ペリクリーズ』	四〇	七	二二	一〇	三
『シムベリン』	一七	四一	三六	二一	一
『冬の夜ばなし』	三五	三五	五五	一二	一/三
『テムペスト』	一七	二一	二四	四	一
(『ヘンリー八世』)	六	二	一六	二	三

(『ヘンリー八世』は共作である)

この表によって全体を三つのグループに分けることが出来る。すなわち、父―息子の頻度の高いものを第一グループ、母―息子の頻度の高いものを第二グループ、父―娘が多いものを第三グループとするのである。前の表の最下段にある数字にそれを示す。一とあるのは第一グループのことである。×はいずれにも属しないが、使用度数がいずれも十回以下のものである。

第一、第二グループには母親がいる。そして、この両グループの中にほとんどすべての歴史劇が包含されてしまっていることは興味ある点である。歴史劇においては、人物配置の構図がいっそう外的に固定させられているわけであるが、そういう歴史劇に母親を示す語が多くあらわれている。父―息子の優勢なのも歴史劇に限られている。母親―息子、父―息子が見られず、母親不在を感じさせるのは歴史劇を除いたあとの作品である。その第三グループに属する作品では mother も son もきわめて少ないのである。この区別はすでにその輪郭は前述したところであるが、コンコーダンスに当たってみると、いっそうはっきりする。こういうはっきりした差異が、まったくの偶然で起こっているものとは考えられない。作者自身で意識したか、意識しなかったかは別として、何か力が加わっているのではないかと疑ったほうが合理的であろう。その力とは何であろうか。

もう一つ注意すべきことがある。それは、第一グループ、すなわち、父―息子の優勢な作品の数は、第三グループの父―娘の作品数と同じくらいあるのに、第一グループは第三グループほどに著しくは感じられないことである。

さらに第二グループの母親が父親より多い場合は、何かそのことが戯曲の性格にあらわれているが、その逆に、母親への言及のすくないことは特別な力をはたらかせる要因になっていないのである。さらにまた、父親もどちらかと言えば劇の中心勢力になりにくい。娘にせよ息子にせよ、作品の中心は若い世代におかれているのである。親の世代はいわば副次的である。その濃淡は作品にとって決定的な力にならないのかもしれない。そういう親の世界であってみれば、それをかりに父親だけで代表させるということも許されることになるかもしれない。

コンコーダンスによって見る限り、頻度数では father, son, daughter, mother の順になり、父―娘、父―息子、母―息子の順で関係があらわされていることが明らかである。しかし、いまも述べたように、あとの二つは、人物のとりあわせが外部的によりつよく規制されている歴史劇において主として見られるものである。したがって、母親不在の問題は、父―娘という親子関係の強調におちつくと言ってよいのである。

＊

不幸か幸いか、シェイクスピアの伝記ははなはだ不明である。細かいことはもちろん一切わかっていない。生まれた年、死んだ年、遺言書、結婚、子供の洗礼、土地の購入などのごく限られたわずかなことがわずかに記録の上で確かめられているだけである。しかも、その記録に出てくるシェイクスピアという人物が、今日残っているシェイクスピアの作品の作者であるとして、という心細い話である。したがって、肉屋に奉公したことがあるとか、鹿を盗んだとかの詩人についての有名な逸話はすべてが臆測から生まれたものと言ってもよいのである。以下のことは、一応そういうことを念頭において考えられるべきことである。

シェイクスピアは年上のアン・ハサウェイという女性と結婚したことになっている。そして間もなくロンドンへ出た。ロンドンへアンが同行したということを示す記録は何もない。単身の出京であったのであろう。事情が何かあったものと見える。

この妻との間が円満でなかったらしいというのは、諸家のほぼ一致した見方である。初期の作品に見られるがみがみやの中年女のイメジの中には、妻への感情がこめられているのだと考える論者もある（前に出したフランク・ハリス）。

同じくこれも推測の域を出ないが、シェイクスピアは末の娘、ジューディスを大変可愛がっていたと考えられている。ことに晩年の詩人の魂を和らげいつくしんだのはこの娘であったのではないかという。

おそらく、これは遺言書からの判断であろう。すなわち、妻には「二番目に良いベッド」が遺産のすべてであったのに、ジューディスは遺言書の筆頭にあり、百五十ポンドというはるかに立派な遺産を分け与えられているのである。まことに対照的である。妻に対する冷たい気持、不満が、娘へ心を向けさせたかもしれないと想像される。

妻との関係、娘へ対する傾倒を合わせて考えると、父―娘の線が浮かび上がって来る。同時に母親不在の形も説明される。しかし、シェイクスピアの妻と娘とに対する関係や気持は、くりかえして言うと、あくまで想像の範囲を出られないものである。そういう事柄を基礎にして、詩人の精神が父―娘、妻不在への傾斜をもっていると断ずることは明らかに冒険である。ましてやそれが、作品から感じられる同型のパタンの原型であると考えるのは、さらに一段と飛躍した推論になるであろう。ただ、母親不在の印象が、詩人の推測される伝記的知識から独立して承認されるのであれば、作者と作品の両者を通じて見られる一致はやはり注意に価いするのではあるまいか。

それにしても、作者の伝記と作品を混同してはならない、ことに作品の解釈に伝記的要素を不当に持ち込むことは避けるべきである。それが、不確かな伝記的資料であればなおさらである。

精神分析学派ならば、ここで伝記的要素などを導入して問題を混乱させずに、父―娘と母親不在から、直ちにエレクトラ・コンプレックスを、母息子の線からイーディプス・コンプレックスを結論するであろう。これははなはだ明快であるが、実際に作品を読んで得る母親不在感は、エレクトラ・コンプレックスというような割り切り方では蔽いきれないものである。もっと広いひろがりと深い根をもっているように感じられる。

以上の紆余曲折は、すべて疑問の周囲を巡ったものにすぎない。母親不在の演劇という問題はひょっとすると、シェイクスピアの精神の深淵をのぞかせてくれる亀裂かもしれないという気持が、私を興奮させることを告白しなければならない。

あとがき

この本は『英語青年』に連載したエッセイを集めたものである。同誌の一九八二年四月号から一九八六年三月号までの満四年、ただし途中、都合により三回の休載があったので、合わせて四十五回分である。それを雑誌掲載のときとは順序を入れかえて、第Ⅰ部から第Ⅳ部に分けて収めた。

はじめは“in terms of”ついで〝らんだむのうつ〟という通しの題名のもとに毎号書いた四百字詰六枚ほどの短い文章は、雑誌にとってはいわば息抜きのページとなるのを期待されていたこともあり、つとめて肩のこらないトピックを選ぶように心がけた。そのときそのときに考えたり、興味をもった問題をあれこれ気の向くままに書いた。したがって、一貫したテーマというものははじめからない。文字通りの〝らんだむのうつ〟、覚え書きである。そうは言っても、全体を通して見ると、関心はおのずからいくつかわずかな点をめぐり、その外へはめったに出られないでいるようである。

そういうわけで、お断わりしておかなくてはならないのは、同じ事柄があちらこちらで顔をのぞかせていることである。なるべく重複を避けるようにはしたけれども、前後の関係でとりのぞくことができないままになった箇所が残った。読者の寛容を乞う。

これに、ほかのところで発表したシェイクスピア関係の三篇「語り部シェイクスピア」(『新英文学風景』一九七七年八月)、「年上の女」(『ももんが』一九六六年二月)、「母親不在のシェイクスピア劇」(『ももんが』一九六〇年一月)を第V部として加えた。

『英語青年』の連載をすすめられた当時の編集長上田和夫氏　その後、連載中ずっとお世話になった現編集長守屋岑男氏にあつく感謝する。

本になるに当たっては研究社出版部長浜松義昭氏に負うところが大きい。

著　者

一九八七年七月

本書は一九八七年八月に研究社から出版されたものですが、
生前の外山先生のご希望により復刊いたしました。

外山滋比古（とやま　しげひこ）

英文学者、評論家、エッセイスト。

一九二三年愛知県に生まれる。東京文理科大学英文科卒業（四七年）、同大学特別研究生修了。雑誌「英語青年」（五一年）編集長はじめ諸雑誌の編集。他方、東京教育大学助教授（五六年）、お茶の水女子大学教授（六八年）、昭和女子大学教授（八九年）を歴任。「修辞的残像」（六一年）、「近代的読者論」（六四年）、「異本論」（七八年）、「日本語の論理」（七三年）をはじめ、二〇〇四年当社より少年の日々を綴った「少年記」を、ついで二〇〇六年、現在の自身を語る「老楽力」、二〇〇八年、研究生活を回想する「コンポジット氏四十年」を出版。その後、「三河の風」、「茶ばなし」、「山寺清朝」、「茶ばなし残香」を出版。話題のミリオンセラー「思考の整理学」ほか著書多数。二〇二〇年七月没。

ホレーショーの哲学

二〇二一年五月一三日　初版第一刷発行

著　者——外山滋比古
発行者——唐澤明義
発行所——株式会社 展望社

郵便番号一一二—〇〇〇二
東京都文京区小石川三—一—七　エコービル二〇二
電　話——〇三—三八一四—一九九七
FAX——〇三—三八一四—三〇六三
振　替——〇〇一八〇—三—三九六二四八
展望社ホームページ https://tembo-books.jp/
印刷・製本——上毛印刷株式会社
装幀　佐々木正見

定価はカバーに表示してあります。
落丁本・乱丁本はお取り替えいたします。

ISBN978-4-88546-398-3

外山滋比古の好評既刊

老楽力（おいらくりょく）
八十二歳になった根本実当はいかに老齢に立ち向かい、いかに老を楽しんでいるか。
四六判並製　定価1540円

山寺清明
散歩、思索、読書、執筆、その日常から生まれた先生九三歳のエッセイ集。
新書判上製　定価1650円

三河の風
薩長から吹く風は戦争だった。徳川発祥の地三河からはあたたかい平和の風が吹く。
四六判並製　定価1650円

茶ばなし
茶ばなし残香
米澤新聞に六十回以上にわたって連載したエッセイ2冊
新書判上製　定価1650円
1500部限定出版
四六判並製　定価2090円

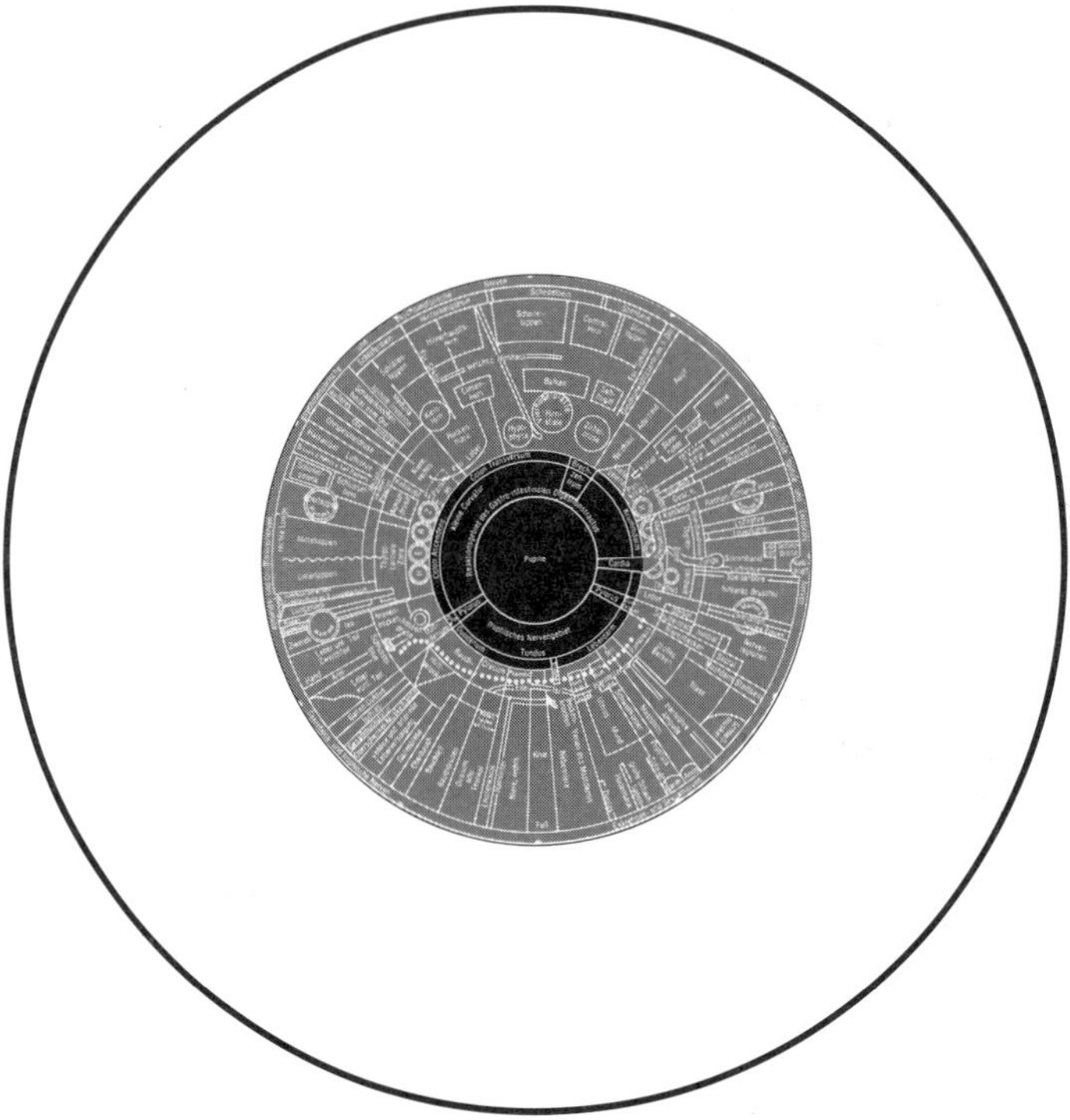

人はそれぞれの視点から、世界の様相を展望する。「眼は、心の窓」ともいわれてきた。図は、ドイツの虹彩学者たちの作成した「眼の地図」によっている。身体の各部位の体調は、この分布図に従い虹彩に反映するという。眼は人の心身の縮図ともいえる。

展望社の創業40周年にあたり、見わたす起点の「眼」をシンボルとして採用、デザイナー道吉剛が再構成した。